손이 따뜻한 사람도 그리움은 있다

손이 따뜻한
사람도
그리움은 있다

초판 1쇄 인쇄일 2017년 1월 2일
초판 1쇄 발행일 2017년 1월 9일

지은이 손파노
펴낸이 양옥매
디자인 이수지
교　정 조준경

펴낸곳 도서출판 책과나무
출판등록 제2012-000376
주소 서울특별시 마포구 방울내로 79 이노빌딩 302호
대표전화 02.372.1537　**팩스** 02.372.1538
이메일 booknamu2007@naver.com
홈페이지 www.booknamu.com
ISBN 979-11-5776-347-4(03810)

이 도서의 국립중앙도서관 출판시도서목록(CIP)은 서지정보유통지원 시스템
홈페이지(http://seoji.nl.go.kr)와 국가자료공동목록시스템
(http://www.nl.go.kr/kolisnet)에서 이용하실 수 있습니다.
(CIP제어번호 : CIP2016030069)

손이 따뜻한
사람도
그리움은 있다

손파노 지음

책과나무

들판에 서 있다.

저 드넓은 들판의 벼 이삭들이 약속이나 한 듯이 일제히 피어올랐다.

성급한 농부는 여름 내내 기다리던 비를 포기했는지 노란 비옷을 키 큰 허수아비에 입혀서 논 한가운데에 세워놓았다.

작년 여름에는 소여물 먹듯 매 끼니 마다 상추쌈을 먹어 댔다.

몇 소쿠리를 먹었는지 세어보지는 않았지만, 아들이 좋아하는 것이라면 깊은 바닷속이라도 기꺼이 들어가실 어머니의 수고가 컸을 것이다.

그런데 올해는 그 풀처럼 흔하던 상추가 한여름이 다 가도록 밥상에 올라오지 않는다.

아침저녁으로 텃밭으로 다니시는 어머니께서도 하늘만 탓할 뿐, 그 좋은 수단으로도 상추를 밥상에 올리지 못한다.

여름이 막바지에 다다르도록 기다리는 비는 오지 않는다.

하늘이 막으면 어쩔 수가 없다.

누구에게도 나로 인해서 마음을 쓰게 하고 싶지 않은 그럴 나이가 되었다.

그러지 마시라 해도 늘 자식의 얼굴 표정을 살피시고 눈치를 보는 연로하신 어머니가 안타깝다.

일상을 자식에게 초점을 맞추고 자신의 생활은 없는 듯 지내시니, 내가 어머니를 모시는 게 아니라 어머니께서 나를 돌본다는 느낌이 들어서 특별히 존재감을 내세우는 일에 목메는 나는 아니지만, 아직도 어린애 같은 마음이 든다.

그래서 어린 애 같은 마음으로 나는 나무그늘 밑에 앉아서 매미울음 소리를 듣고, 어머니께서는 텃밭에서 풀을 메고 있다.

또 한해의 여름이 지나가고 있다.

걱정하고, 화내고, 잘 맞춰지지 않는 어린 자식들과의 눈높이를 맞추느라 무던히도 애쓰던 시간도 지나갔다.

뒤돌아보면 그렇게까지 하지 말았어야 할 일도 있었고, 그것은 좀 더 주의를 기울여서 살펴봐야 했을 일도 있었지만, '모든 것을 완벽하게 할 수는 없다'는 흔한 말을 생각하며 나에 미숙함과 성급함, 불찰들을 흘려보낸다.

그동안 자식들이 이만큼 자라도록 음으로 양으로 보살펴주시고 격려해주신 선생님께, 지인님께 감사를 드린다.

2017년 1월
손 파 노

차례 *contents*

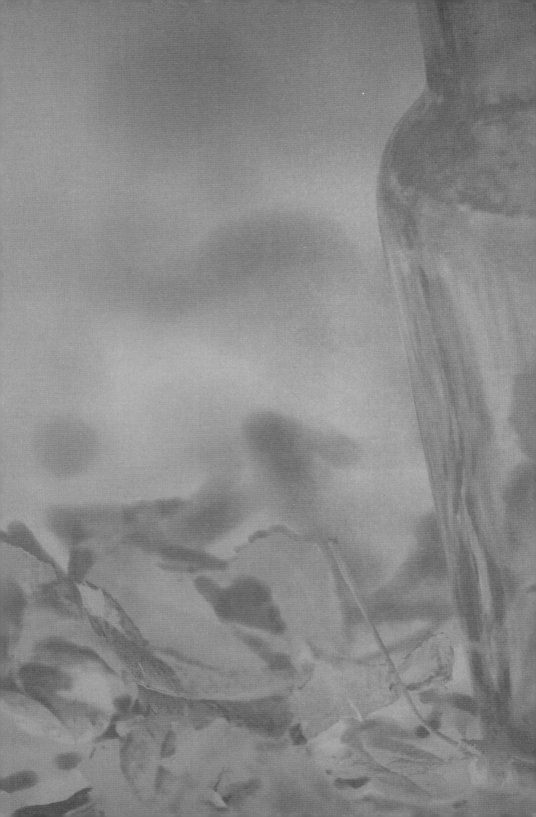

손이 따뜻한 사람도

그리움은 있습니다…

침묵은 은이요, 웅변은 금이다

늦은 봄 어느 해인가? 그때가 아마 초등학교 5~6학년 때쯤 되었을 것이다. 아버지께서는 아침 일찍부터 마당에서 평생을 몸에 붙이고 사신, 낡은 짐 자전거의 체인 줄에 시커먼 기름을 한 방울씩 떨어트려 가며, 기름이 골고루 쇠줄에 묻도록 손으로 천천히 페달을 돌리고 계셨다.

조반을 마치신 아버지께서는
"파노야! 조개나 잡으러 가자, 어서 나와라!"
하시면서 방문을 나섰다. 고된 농사일로 가늘어진 아버지의 허리춤을 꼭 잡고, 자욱한 봄 안개를 헤치며 달려가는 신작로 길은, 미지의 세계로 빨려들어 가는 것처럼 신비스럽고 얼굴에 부딪치는 바람결도 상쾌했다.

아버지와 단둘이 어디를 가는 것이 생소하고, 평소에 다정하지 않고 말이 없던 아버지에 대한 어려워하는 마음 때문에 즐겁기보다는 얼떨떨한 마음이어서, 긴장감에 허리춤을 꼭 잡은 두 팔에 나도 모르게 잔뜩 힘이 들어갔다.

　두어 시간을 달려서 도심을 지나치고, 도심에서도 한참이나 더 달려서 바닷가에 도착했다. 어느덧 안개는 걷히고, 끝없이 펼쳐진 모래사장에는 축제라도 벌어진 듯 수많은 사람들로 장사진을 이루었으며, 조개를 줍는 즐거운 탄성이 드넓은 모래사장에 가득했다.
　맨발에 밟히는 모래의 감촉은 촉촉하고 부드러웠으며 호미로 조금만 들춰도 하얗고 노란, 크고 작은 조개들의 매끄러운 감촉을 느낄 수 있었다.
　그로부터 수십여 년이 지난 지금은, 그 넓은 바다를 가로막아 뭍으로 만들어 버렸으니, 상전벽해가 따로 없다. 그나저나 그 많은 보석 같은 조개들은 다 어디로 갔을까?

　점심때가 조금 지나 한 자루 가득한 조개를 싣고 집으로 향했다. 도심에 이르렀을 때, 아버지께서는 시장 골목에 자전거를 세워 놓고 근처의 작고 허름한 국밥집으로 들어가셨다. 식탁에 마주 앉은 아버지께서는 주인이 갖다 놓는 국밥 그릇을 내 쪽으로 가깝게 밀어 놓으시고, 자신의 국밥 그릇에서 살점이 많은 고기를 수저로 떠서 두어 차례 내 그릇에 옮겨 놓으시며
　"천천히 먹어라!"

딱 한마디 하시고는, 탁배기에 틉틉하고 뿌연 막걸리 한 사발을, 손수 따르시어 목젖이 울렁거리도록 단숨에 드시고는, 거친 손등으로 입술을 훔치셨다.

아무리 과묵한 것이 미덕으로 여겨졌던 시절이었다 하더라도, 그 먼 길을 함께 왕복하는 동안 부드럽고 다정한 언사를 마다하시고,

"천천히 먹어라!"

라고 딱 한마디 하시고는 도무지 말이 없으셨던 아버지께서는, 그 동안 무슨 생각을 하고 계셨을까?

시대가 변해서 '침묵은 금이 아니다.'라는 것을 알아차린 눈치 빠른 사람들은, '남의 말을 잘 듣는 사람이 말을 잘하는 것이다.'라는 이야기를 듣지 못한 듯, 남 말에는 귀를 막고 내 말만 앞세우는 '나 서방네'가 되어 여기저기서 활개를 친다.

말하지 않으면 귀신도 모른다며 입만 열면 자랑으로 늘어지고, 온갖 세상만사를 다 아는 것처럼 함부로 말했다가, 잊어버리고 있던 과거의 말실수가 되살아나서 낭패를 보고 곤욕을 치른다. 말이 많은 것이 말 잘하는 것이 아니라, 말이 적더라도 쓸 말이 많아야 말 잘하는 사람인 것인데도, 말하지 않으면 속조차 몰라준다는 생각이 들었는지, 너도나도 입만 앞세우는 말 많은 세상이 되었다.

세상을 살아가는 것이 어디 쉬운 일은 없지마는, 한번 입에서 나간 말은 주워담을 수 없으니, 자기의 말실수에 대해서 되받아치는 능력이나 모르쇠로 일관할 수 있는 뻔뻔함이 없다면, 말은 가려서 하는

것이 후회를 막는 지름길일 것이다.

 나는 선친에 비하면 자격증 없는 변호사이지만, 어려서나 커서도 선친의 일관된 침묵으로 받아 왔던 긴장감이나 압박감을 아들들에게는 주지 않고, 언제라도 스스럼없이 곁에 다가올 수 있도록 간간이 황당한 유머를 구사해서라도 무뚝뚝한 아버지는 되지 않으려고 애써 보지만, 어떻게 받아들여지는지는 아들만이 안다.

 그래도 나는, 입 밖에 내지 않은 말은 책임질 일이 없다는 생각을 하며, 말을 아끼는 사람보다 천생으로 침묵하셨던 아버지가 그립다!

텔레비전을 꺼 주셔요

내가 어렸을 적에 텔레비전을 처음 보았을 때에는, 그 요술 상자에서 나오는 갖가지 이야기들을 보고 듣는 즐거움이란 이루 말할 수 없도록 대단했다.

특히 레슬링 경기가 있는 날이면 텔레비전이 있는 집에서는 동네 사람들이 올 줄 알고 미리 마루에 텔레비전을 내다 놓았는데, 경기가 시작되기도 전에 그 집 앞마당은 애, 어른 할 것 없이 동네 사람들로 가득 차서 극장처럼 되었다.

이윽고 하루 종일 기다리던 경기가 시작되어서, 우리 선수가 궁지에 몰리게 되면 안타까운 한숨 소리가, 이기고 있으면 탄성과 환호 소리가 온 동네에 울려 퍼졌다. 마침내 경기도 끝나고 여름밤도 깊어져서 밤하늘에 총총한 별들을 헤어보면서 집으로 돌아와 잠자리에 들어서도, 흥분된 감정으로 가슴이 두근거려서 오래도록 잠을 이루지 못했다.

이렇게 텔레비전에서 내보내지는 이야기들은 하나라도 놓치면 안 될 것 같은, 그렇게 재미있는 텔레비전도 요술 상자이기도 하지만, 한편으로는 바보상자가 되어서 해가 될 수 있다는 생각이 든 것은 그 후로 한참이나 지나서였다.

기차나 고속버스를 타고 여행을 할 때나 병원 대기실, 혹은 여러 사람이 이용하는 공공장소에는 늘 텔레비전이 켜져 있었다. 물론 모르는 사람끼리 서로 멀뚱멀뚱 바라보고 앉아 있는 어색함을 지우기도 하고, 지루함을 달래 주려는 배려인 것은 짐작이 가지만, 기분에 따라 보고 싶지 않을 때도 있을 테인데도 내 집에서처럼 톡 하고 꺼 버릴 수도 없으니 마냥 보고 있어야만 했다.

만약 어디선가 끌 수 없는 텔레비전을 만들어서 강압적으로 하루 종일 텔레비전 보기를 강요한다면 얼마나 끔찍한 일일까? 하고 쓸데없는 생각을 해 보기도 했다.

아이들을 키우는 부모들은 하루에도 몇 번씩 텔레비전을 끄라는 소리를 입에 달고 살게 된다. 늦은 저녁을 먹고 8시 반에 시작하는 연속극을 아이들과 같이 본다면 그날 밤 아이들의 공부는 끝이다. 계속 재미있어지는 연속극을 따라가다가, 어느 날 문득 이래선 안 되겠다는 생각이 들어서 오늘부터 연속극은 그만 보고 공부하라고 하면, 아이들은 그 재미있는 연속극을 혼자만 보려는 엄마가 황당하고 야속하기만 하다. 아이들에게 텔레비전을 많이 보면 공부에 방해가 된다고 아무리 얘기해도 소용이 없다. 부모 먼저 습관적으로 눌러대는 리

모컨을 멀리하고, 구미에 맞지 않는 수많은 프로그램을 제공해 주어도 아무 소리 못하고 다 받아먹지 말고 , 먹고 싶은 것만 가려먹는 편식을 해서, 자꾸 정을 붙여오는 텔레비전과 정을 떼야한다.

우리 집은 시골에서 도시로 아이들을 따라 학교 옆으로 이사 올때, 텔레비전을 집에 떼어 놓고 왔다. 아이들은 학교에 다녀와서 공부 시간 외에는 자연히 책을 보는 시간이 많아졌고, 독서와는 먼 옛날에 담을 쌓은 각시도 그나마 몇 권의 책이라도 읽게 되니, 많은 책을 읽지 않고도 나보다 더 똑똑한 체하고 계산이 따르르한 각시가 지금보다 더 똑똑해지면 그것도 감당 못 할 일이다.

어디선가 기침하는 소리와 함께 두런두런하는 이야기 소리가 들린다. 잠을 깨어 시계를 보니 새벽 2시다. 아래층 할아버지가 오늘도 텔레비전 소리를 크게 켜 놓고 있는 것이다. 전에 살던 중년 부부는 밤늦은 시간에도 들판에서 싸우는 것처럼 큰소리로 다툼을 자주해서 괴롭더니만, 그 뒤를 이어받은 할아버지도 시끄러운 새벽 TV로 우리 집의 잠자리를 설치게 한다.
그나마 초저녁에 TV 소리가 크게 들리면 아, 오늘은 잠을 설치지 않아도 되겠구나, 하는 생각이 든다. 그것은 초저녁에 주무시지 않는다는 이야기고 늦게 잠을 주무실 테니 새벽에는 깨지 않을 것이라는 기대가 되기 때문이다.

이렇듯 신경 쓰이는 TV 소리에 아무 소리 없이 지내는 것은, 시골에 계신 우리 어머니를 생각하기 때문이다. 불효자인 자식은 그 흔한 화폐 한번 갖다 드리지 못하고, 말로만 하는 안부 전화로 위안을 삼는다.

초저녁에 전화를 드리면 일곱 번쯤이나 전화벨 소리가 울려서야 전화를 받으신다.

잠이 덜 깨신 목소리에

"어머니, 주무시고 계셨어요?"

하고 물으면 어머니께서는 언제라도 안 자고 있었다고 말씀하시지만, 나는 이미 어머니께서 전화기를 들었을 때 TV 소리를 먼저 들었고 지금도 전화기에서는 TV 소리가 들려오기 때문에 주무시고 계셨다는 것을 안 봐도 알 수 있다.

주무시면서 왜 TV를 끄지 않고 주무시느냐고 묻지 못하는 것은, 연로하신 어머니 곁에 있어 주지 못하는 아들 대신 TV가 지켜 주니, 그 정경이 너무나 쓸쓸해서 가슴이 메기 때문이다.

"어머니, 저 여자는 왜 저렇게 소리를 질러?"

"응! 저년이지 시애미를 못 잡아먹어서 저런 난리가 아니냐? 옛날 시상 같으면 동네 마당에 내놓고 멍석말이 헐 년이여?"

"왜, 잡아먹을라고 하는데?"

"왜는, 왜 그려? 바람 피는 것을 지 씨애미가 알았는디, 그것을 자식한티 말혔다고 안 그려냐! 그럼 너도 생각혀 봐라. 바람 피는 매누리를 자식한티 말 안허고 누구한티 말혀? 앙 그러냐?"

하시면서 눈은 TV 화면에서 떼지 않으시고 식사를 하신다. 해가 지면 제일 일찍 시작하는 어느 방송국의 연속극을 보면서 어머니와 함께 식사를 하고 있다.

"누구하고 바람 피웠는데?"

이렇게 한마디 더 물어보면, 어머니께서는 드라마 작가에게서 대본이라도 받아 보신 듯이, 자식인 내가 알아듣도록 중요 줄거리를 추려서 바로 옆집에서 일어난 일처럼 실감나게 설명해 주신다. 이렇게 시시콜콜하게 물어보는 것은, 연속극이 재미있어 보이고 관심이 있어서는 아니다. 어머니께서 나 없이 보낸 시간들이 그렇게 쓸쓸하고 외롭게 보내시지는 않는다는 것을 확인해서, 나 스스로 위안받고 싶기 때문이다.

TV 친구에게서 보고 들은 이야기들을 생기 있고 씩씩한 모습으로 아들에게 들려주는 것을 듣고 있으면, 그래도 마음이 놓이고 홀로 계신 안타까움이 조금은 가셔진다.

'내 대신 어머니를 지켜 주는 TV야, 고맙다!'

나는 컴퓨터가 무섭다

인터넷이 세상을 바꾼다는 말은 참으로 맞는 말인 것 같다. 혼자 방에 앉아서도 세상의 모든 소식과 유익한 정보를 접할 수 있고, 수많은 기능이 있어서 예전에는 사람을 만나서 해결해야 할 일들이, 만나지 않고도 해결되니 얼마나 편리한지 모르겠다.

사회적으로는 지식 공유나 정보 공유로 인하여, 그동안 사회적 소수자나 약자였던 사람들이 목소리를 내고, 지식을 독점하고 정보를 독점했던 강자들에 의해 가끔 이유도 모르고 부당한 대우를 받았던 일들이 인터넷의 보급으로 인해서 상당히 완화되었다.

그동안 지식이나 정보를 독점해서 과대 포장하여 이익을 누려 왔던 일부 그들로서는 참으로 어처구니없는 시대가 도래하였으니, 딱딱하고 근엄한 '강한' 씨였다면 이제는 부드럽고 미소가 넘치는 친절한 아저씨로 변신하지 않으면, 맹물 먹고 이 쑤시는 시대가 조만간 오게 될지도 모른다.

그러나 만물을 생성시키는 햇살에도 양지와 음지가 생기듯이, 인터넷의 역기능은 사회적으로나 개인 생활에 수많은 폐단을 만들어 내는 것을 넘어서 이제는 사회적 문제로 대두되고 있다.

특히나 자라나는 청소년들에게 있어서 인터넷 게임 중독은 일생을 그르칠 수 있는 심각한 문제여서, 이를 만류하는 부모와 자식 간의 갈등은 가정의 평화를 깨트리는 주범이 되었다. 그래서 '나는 컴퓨터가 무섭다!'

경민이는 초등학교 5학년이고, 경준이는 초등학교 3학년이다. 학원에 다니지 않는 우리 아이들은 하루에 1시간씩 컴퓨터 게임을 하는데, 오후 6시 이후부터는 컴퓨터를 사용하지 않는다는 약속을 했다. 물론 그냥 말로만 약속을 한 게 아니다.

"나는 하루에 1시간 게임을 하고, 오후 6시 이후에는 게임을 하지 않는다."라고 종이에 써서 이름을 쓰고 사인을 받아 컴퓨터 모니터 뒤 벽면에 딱 붙여 놓았다.

컴퓨터는 거실의 넓은 사각 상 위에 놓았기 때문에, 아들들이 게임 하는 모습을 가만히 지켜보면 가관이 아니었다. 지 동생이 게임을 시작하면 경민이는 1시간 후에야 제시간이 돌아오게 되니, 그동안 책을 보던지 공부를 했으면 좋겠는데 그것은 아저씨 생각이고, 옆에 앉아서 앗싸! 앗싸! 소리를 쳐 가며 장단을 맞추고 이리 해라, 저리 해라 자판을 두드려 주기도 하면서, 지 동생 옆에 물바가지에 깨 붓듯이 붙어 앉아서 엉덩이를 떼지 않으니, 결과적으로 2시간씩 컴퓨터 게임을 하는 셈이 되었다.

　겨울방학이 시작되는 첫날이 되었다.
　네 가족이 모여 앉아서 방학 동안의 공부 시간과 컴퓨터 사용에 대해서 회의를 했다. 그러나 아이들이 "공부는 하루 중에 4시간씩하고 컴퓨터 게임은 3시간씩 하겠습니다."하고 의견을 낼 수는 없는 노릇이라 이름만 회의일 뿐 일방적으로 지시하는 데 불과했다.
　아이들은 혹시나 게임을 못 하게 하는 것이 아닌가, 하는 의구심으로 눈을 껌뻑거리면서 긴장하는 표정이 되었다.
　그래서 내가,
　"방학 동안에는 '할 일'은 아침, 점심, 저녁으로 1시간씩하고 게임은 오전, 오후 1시간씩 하며, 오후 5시 이후에는 컴퓨터 게임은 하지 않는 것으로 정한다!"
　하고 매듭을 지었다.
　아들들은 금세 얼굴이 환해지고, 경준이는
　"아빠! 공부도 하루에 3시간씩 하니까, 게임도 3시간씩 하면 안 되나요?"
　하고 은근히 애비의 의지를 시험해 보았지만
　"무슨 소리냐? 할 일 하는 시간이 게임 하는 시간보다 많아야 하는 것이 아니냐? 할 일이 중요하냐? 게임이 중요하냐?"
　하고 지그시 눌러 주니 아무 말 못 하고 씩하고 웃었다.

내가 막무가내로 자식들을 몰아붙이는 것 같지만 사실은 그렇지도 않다. 주말이면 시골집에 다녀오는데 오후 5시가 넘어서 집에 돌아올 때도 있다. 그러면 경준이는 오늘 할머니 집에서 늦게 돌아오게 되어서 게임 시간을 넘겼으니, 오늘 치 게임을 해야 한다고 우기는데, 그럴 때면 아들이 귀엽고 우스워서

"그것도 틀린 말은 아니다!"

하면서 아량을 베풀어 주는 마음이 넓은 아버지이기도 하다.

게임하는 시간대를 정해 놓고 그 시간이 지나면 게임을 하지 않는 것으로 약속하고 각서까지 썼기 때문에, 그 시간만큼은 절대 놓치지 않고 정확히 지키는 것은 필수이고, 게임 시작 시간 10분 전부터 미리 컴퓨터 앞에 앉아서, 운동선수가 대기실에서 경기 시작을 기다리듯이 시작 시간을 기다리고 있다.

게임을 하는 동안에는 전화벨이 울려도 받지 않고 군것질도 하지 않으며, 어떤 요구도 하지 않기 때문에 부모들은 편하지만, 그러는 사이에 아이들의 손놀림은 현란해지고 그만큼 등급이 향상되어 고수가 되어간다.

오늘이면 긴 겨울방학도 끝나고 내일은 개학날이다.

"내일부터 학교에 가면 공부 시간에는 선생님의 입을 쳐다보고, 수업 내용을 잘 들어서 방학 동안에 공부하면서 잘 이해되지 않은 것도 확실하게 알도록 해야 한다!"

하고 당부했다.

그리고 내가 가장 무섭게 생각하는 컴퓨터 게임 시간에 대해서 말했다.

"이제 개학했으니, 학교에서 늦게 돌아올 텐데 게임도 하기 힘들겠구나?"

하고 넌지시 운을 떼며 아들들의 눈치를 살폈다. 경민이가

"4시쯤 집에 돌아오니까, 5시까지 1시간 정도 할 수 있어요?" 하면서 희망을 걸었다.

경준이는

"아무렇게나 하세요, 난 안 해도 괜찮아요!"

하고 말하니, 경민이는 왜 그런 말을 하느냐는 눈초리로 지 동생을 매섭게 째려보았다.

"알았다, 다수결로 결정하자! 매일 1시간씩 게임 하는 것과 평일에는 게임 하지 않고 토요일, 일요일에만 2시간씩 게임 하는 것에 대해서 찬성하는 사람은 손을 들어라."

매일 1시간씩 하는 것에 경민이만 손을 들었다.

"됐다! 내일부터는 토요일, 일요일만 2시간씩 게임 하는 것으로 결정한다."

하고 경민이를 쳐다보았다. 얼굴이 갑자기 하얗게 변하면서 눈에는 눈물이 그렁그렁했다.

어렸을 때부터 지금까지 떼를 쓰거나 요구를 들어주지 않는다고 우는 일이 없던 아이인데, 너무나 아쉬워하는 모습에 당황스러웠고 안쓰러운 마음이 들었다. 나는 눈을 딱 감고 자리에서 일어나면서

"이제, 저녁 먹자!"

하고 방으로 들어와서 흔들리는 마음을 다잡으며, 경민이가 눈물이 마를 때까지 방에서 숨어 있었다.

그 후로, 우리 집에서는 월요일에서 금요일까지는 컴퓨터 게임을 하지 않는 것이 당연시되었고, 어쩌다 저희 친구 집에 놀러가게 되었을 때 아무 때고 컴퓨터 앞에 앉아 있는 친구를 보고 와서는 어른처럼 걱정하는 소리를 했다.

이제는 컴퓨터 게임에 대한 부자간의 각서는 사라지고, 오직 신의 하나로 서로 믿고 사는 명랑한 집이 되었다.

오! 그래도 나는 아직도,

저기 가만히 앉아 있는 '컴퓨터가 무섭다.'

한자야! 고맙다

한자능력시험이 치러진 대학 교문 앞에 있는 '패스트푸드점'에서는 시험을 치른 많은 학생들과 학부모들이 북새통을 이룬다. 어떤 성격 급한 아주머니는 자기가 먼저 왔는데 왜 저 사람부터 주느냐고, 어린 여 종업원을 닦아세우니 그 옆에서 보고 있던 그 아주머니의 어린 딸아이는, 그만두라는 듯이 자꾸만 자기 엄마 치맛자락을 잡아당긴다.

마치 먹기 시합이라도 벌어진 것 같은 가게 앞에서, 시험을 잘 보았다고 큰소리치면서 굳이 이 북새통에 끼어들려는 아들들의 성화가 이해가 되지 않아 돈만 쥐여주고는 건너편에 있는 차 안에 혼자 앉아 있다. 거리에는 싱그러운 봄바람을 맞으며 오월의 한낮을 즐기는 사람들이 오고 가는데, 나는 지루하고 지친 마음으로 먹기 시합이 어서 끝나기를 기다리고 있다.

학교 다닐 때 용케도 교육 주관처의 배려로, 한자 교육을 받지 못하고 그럭저럭 상급학교에 진학했다. 책장 면면이 절반은 한자요, 절반은 한글로 뒤섞인 시커먼 전문 서적을 접하고는 어떻게든 읽어 내야 하는 내 마음도 새까맣게 되었다.

마치 물이 가득한 큰 항아리를 안고 서서 놓자니 깨질 것 같고 들자니 버거워서 어쩔 줄 몰라 하는 것처럼, 책장을 이리저리 넘겨보며 몇 날을 고민했다. 그림 보듯 글자를 본다고 익혀질 일이 아니어서 마음을 다잡고 '천자문'을 끌어안고 쓴 약 먹듯 오랫동안 씨름한 끝에, 겨우겨우 책을 읽어 낼 수 있었던 퍽이나 더딘 공부를 했던 기억이 있다.

학교를 졸업하고도 몇 년을 맹탕으로 허송세월하다가, 겨우 어느 작은 회사에 취직하게 되었다. 입사한 지 얼마 되지 않아 뜻밖에 일본의 어느 공장으로 견학을 가게 되어 동료 두 사람과 동경 근교에서 얼마 동안 머무르게 되었다.

말할 줄도 모르고 지리도 모르는 타국 땅에서 일과가 끝나면 꼼짝없이 숙소에 갇혀서 알아들을 수 없는 TV만 보고 있었는데, 어느 일요일 날은 동료 중에 한 사람이 너무나 갑갑했던지 갑자기 '우에노' 공원에 구경이나 가자고 제안했다.

지하철역에서 거미줄처럼 그려져 있는 노선표를 한참이나 바라보고 있었다. 진작부터 내 옆을 서성이면서 미소를 띠며 눈치를 살피던 중년의 신사 한 분이 다가왔다. 도와드릴 것이라도 있느냐는 것 같은데, 도무지 알아들을 수 없으니 연신 "하이, 하이."만 연발하다가 수첩을 꺼내 '상야 공원'이라고 한문으로 써서 보여 주었다.

그분은 인자한 웃음을 띠며 알았다는 듯이 역무원에게 묻고 나서 나 대신 표를 끊어서 나가는 출구 앞까지 데려다주고는, 헤어질 때는 도리어 허리를 굽신거리며 겸손을 더했다.

기차 안은 한산했고 우리 일행은 출입구 쪽으로 놓인 긴 의자에 앉아서 '우에노 동물원'에 가면 무슨 동물들이 있을까? 이야기하면서 안심하고 있었다. 맞은편에 앉아서 우리 일행을 가만히 주시하고 있던 대학생 같은 처녀가 무엇이라고 말하는데, 알아들을 수는 없지만 무언가 잘못되었다는 느낌이 들었다.

처녀의 옆자리로 다가가서 수첩을 꺼내 '상야 공원'이라고 쓴 한문 글씨를 보여 주었더니 웃음 지으며, "한따이요, 한따이!" 하면서 기차가 달리는 반대쪽을 가리켰다. 우리는 직감으로 '우에노' 공원의 반대 방향으로 가는 기차를 타고 있다는 것을 알아차리고, 깜짝 놀라서 황급히 다음 역에서 내려 기차를 갈아타서 가까스로 '우에노' 공원에 갈 수 있었다. 그 공원에서 난 그때 처음으로 원숭이를 보았다.

그 후로 '한자 쪽지'의 좋은 추억 때문인지, 무엇을 읽다가도 모르는 한자가 나오면 건너뛰지 않고 사전을 찾는 습관이 들었다. 비록 초등학교에 다니는 아들처럼 급수는 없지만, 우리 식구들은 한자가 나오면 나에게 물으니 겨우 천자문을 반쯤이나 알고 있는 나이지만 그래도, 우리 식구들에게서만은 무관의 제왕이다. '한자야! 고맙다!'

어느새 합격자 발표일이 되었다.

경민이는 합격하고 경준이는 떨어졌다. 경민이는 환호성을 지르고, 경준이는

"아! 한 문제만 더 맞았으면 합격인데…"

하면서 아버지의 눈치를 살폈다.

"경준아! 이리와 앉아 봐라."

경준이가 쭈뼛거리며 다가와 내 앞에 앉는다.

"물론 합격해서 한 급수 올라가면 좋겠지만, 꼭 급수를 따려고 공부하는 것은 아니다. 급수에 관계없이 한자는 알아야 하고 나중에 공부에 도움이 된다. 실망하지 말고 계속해서 시간표대로 공부하도록 해라!" 했더니, 화도 내지 않고 부드럽게 나오는 아버지의 반응이 의외라는 듯이 이내 얼굴이 환해지면서

"아빠! 걱정하지 마세요. 다음에는 꼭 합격할 테니까요!"

하면서 큰소리를 쳐댄다. 한술 더 떠서 어째 분위기가 괜찮다 싶었는지, 합격한 저희 형은 가만히 있는데

"아빠! 형아가 합격했으니 통닭이라도…."

하면서 비굴하게 웃는다.

"경준아! 한자 자습서하고 지우개 가져와라. 떨어졌으니 다시 볼려면 다 지워야 할 것 아니냐? 내가 지워 놓을 테니 내일부터 다시 공부해라!"

했더니 금방 풀이 죽어서

"예…" 하고 방으로 들어간다.

나는 이 철없는 아들에게
"그리고 통닭도 시켜라!" 하고 말했다.

학원이 나를 부른다

'모르면 알 때까지 죽기 살기로 가르치겠습니다!'

거리를 걷다가 큰 건물의 벽면에 이런 현수막이 걸려 있는 것을 보았다. 남의 자식을 목숨을 걸고 가르치겠다는 데는 쓴웃음이 나오기도 했고, 사회 곳곳에서 남발되는, 강렬하고 자극적인 문구로 표현되는 각자의 주장들에 주눅이 들고 몸이 움츠러든다.

물론 최대로 과장된 표현이겠지만 죽기 살기로 가르치는 학원에서 죽기 살기로 공부하는 애들이 있는데도 이런저런 사정으로 보내지 못 하는 부모의 마음은, 받아 놓은 숙제를 뒤로 미루고 있는 것처럼 마음이 편하지 않다.

시골에서 살 때는 그런 일이 별로 없었는데, 도시에 와 보니 알려준 일이 없는 전화번호를 무슨 재주를 부려서 알아냈는지, 여러 곳에서 우리 애들의 교육, 건강, 종교 등에 대해서 지속적인 관심을 가지고 염려해 준다. 고마운 일이다.

　물론 가짜 우체국에서 온 전화라면 '우체'까지만 듣고도 탁하니 전화기를 내려놓으면 그만이지만, 통장에 돈을 넣으라는 것도 아니고 4학년과 6학년이 된 초등학생의 아버지로서 우리 자식의 공부에 대해서 그렇게 정성을 다한 학원 선생님의 조언을 박정하게 끊을 수도 없다.

　전화기를 들고서 헤어지기가 아쉬워서 길게 물고 늘어지는 각시의 통화 모습에는 눈을 흘기는 나지만, 학원 선생님의 뻔한 조언을 참을성 있고 낮은 자세로 듣고 있는 내가, 본래의 나는 아니다.

　학원을 보내지 않는 것이 무슨 잘못이 아닌 것은 확실한데, 그분들이 에둘러서 말하는 말 속에서 내가 너무 태평하고 아이들의 장래에 대해서 안일한 생각을 갖고 있다고 걱정스러워하는 의중을 느끼게 되면, 심히 곤혹스럽다.

　물론 특별한 교육 방법이 있어서도 아니고, 간혹 어떤 부모들처럼 자연 속에서 살면서 공부에 시달리지 않게 하고 건강하고 씩씩하게 자라면 족하지 아니한가, 라는 확고한 신념도 없다. 솔직히 화폐가 나를 외면하고 있기 때문이다.

　언제라도 관계가 소원해진 화폐와 다시 만나게 되면, 학원 선생님의 전화 노동도 덜어드릴 겸, 내 발로 찾아가 인사드리려고 마음먹고 있다. 어느 날은 밤늦은 시간에 어느 여자 선생님이 전화를 해서 그동안 쌓아 왔던 경험을 최대한 발휘하여 너무 오랫동안 설득하기에,

그분의 입장을 생각해서 참을성 있게 예예, 하고 들어주고 있다가

"그럼 공짜로도 가르쳐 줍니까?"

하고 물었더니 그 여자 선생님은 웃기만 했다.

경민이가 6학년이 되는 2월 초순경에 경민이와 함께 ○○학원에 찾아 갔다. 소원해진 화폐와의 관계가 회복된 것은 아니지만, 나중에 경민이가 다른 아이들은 매일 두 군데에서 배웠는데, 저는 한군데에서만 배워서 공부를 못한다고 원망을 할 수도 있겠다는 생각이 들어서 내 발로 자청해서 찾아간 것이다.

학원 교무실은 많은 강사와 학생들로 북적거려서 마치 또 다른 학교에 입학시키는 것 같은 어리둥절함을 느꼈다. 또한 일순간이지만 이렇게 많은 학생들이 또 다른 학교에 다니면서 죽기 살기로 공부하고 있는데, 태평하게도 아들이 6학년이 되도록 화폐 탓만 하며 학원 한번 보내지 않았던 것이 아들에게 미안하고 능력 없는 부모가 된 것 같아 얼굴이 달아올랐다.

경민이의 학습 정도를 알아보기 위한 영어·수학 시험을 1시간 정도 치렀다. 시험이 끝나고 시험지를 검사한 강사님이

"경민이는 그동안 어느 학원에 다녔습니까?"

하고 물었다.

"학원에 다닌 적은 없고 집에서 공부했습니다."

강사님은 약간 놀라는 표정으로

"그래요? 그래요?"

하면서 학원에 다니지 않은 것이 이상한 듯이 고개를 갸웃거렸다.

"시험 결과가 잘 나왔습니다. 공부를 잘하는 가 봅니다!"

"예, 열심히 하는 편입니다. 내일부터 보내도 되겠습니까?"

"아니에요, 이미 반이 편성되어 중학교 과정의 진도가 나갔으니 3월 초부터 보내 주세요!"

하는 것이었다.

중학생이 되려면 아직도 1년이 남았는데 벌써 중학교 과정을 공부하다니…. 무엇이든지 남 하는 대로 따라 하지 않고 내 고집대로 하는 성격은 이런 때에 낭패감을 느낀다. 학원 밖으로 나오니 건물 벽에 붙어 있는 분식집 앞에, 아이들이 다닥다닥 붙어 있다.

'얘들은 다 어디 갔나 했더니 여기에 있었구나!'

책 읽는 가족이 되었어요

"만 권의 책을 물려주어도 자식이 읽지 않으면 소용이 없다."는 말이 있다. 자신은 책을 읽지 않으면서도 다른 사람에게는 책을 많이 읽어야 한다고 말하기가 쉽다. 그러나 갑자기 안 읽던 책을 읽는다는 것은, 말처럼 그렇게 쉬운 일은 아니며 책 읽기에도 연습이 필요한 것이다.

책을 끼고 사는 직업을 가졌거나, 천성으로 책을 좋아하는 사람이 아닌 바에야 자신의 의지만으로 지속적인 독서를 한다는 것은, 대개의 사람에게는 가기 싫은 처갓집에 가서 맛없는 음식을 억지로 먹을 때처럼 고역스럽고 어려운 일이다.

꾸준한 독서를 통해서 마음의 양식을 쌓고, 인격 수양에 힘써야 한다고 날마다 성화를 대던 국어 선생님이 생각나서, 책꽂이에 꽂혀서 한 3년은 잠을 자서, 얼굴이 누렇게 뜬 책 한 권을 꺼내서 작심하고 읽어 보지만, 채 두 장도 읽지 못하고 덮어버리고 만다. 이럴 때면 독서가 취미이고 책을 보면 밤새는 줄 모른다는 사람의 말을 의심하게 된다. 그러나 마음의 양식은 얻지 못했더라도 잠이 와서 건강에는 좋을 것 같으니 어쨌든 책을 읽어서 손해 보는 일은 없을 터다.

경민이는 말을 하기 전부터, 내가 보는 잡지책의 그림이나 큰 글씨에 관심을 보였다. 같이 있게 될 때마다 팔베개를 해서 옆에 끼고, 큰 글씨를 읽어 주었더니 곧잘 기억하고, 다음에 보면 한두 자씩 읽어 내었다.

아직 확실히 말을 하지 못하는 데도 한두 자씩 읽어내는 것이 신기해서, 동화책을 몇 권 사다가 매일 저녁 반복해서 읽어 주었다. '아기 돼지 삼형제'라는 동화책은 아마 서른 번도 더 읽어 주었을 것이다.

그러다 보니 밤에 잠자기 전에는 책 읽는 것이 습관이 되어서, 자리에 눕기만 하면 내 옆에 착 달라붙어서 책을 읽어 달라고 보챘다.

경민이가 서너 살 때쯤인가, 만화로 그려진 60권짜리 '만화 삼국지' 책을 구입해서 방에 쌓아 두었는데, 언제부터인가 읽기 시작하더니 몇 년을 두고 장난감을 가지고 놀듯이 보고 또 보았다. 나중에는 경준이도 글을 읽을 줄 알게 되었을 때는 저희 형처럼 '만화 삼국지' 책을 끼고 살았다.

겨울밤이 깊어지면 우리 가족들은 한 장의 넓은 이불 속에 누워서 잠들기 전에 불을 끈 채 '삼국지 놀이'를 했다. 이름하여 조조, 유비, 손권의 부하 장군 '이름 알아맞히기'이다. 놀이 방법은, 조조의 부하 장군 이름을 한 명씩 셋이서 번갈아가며 호명해 나가다가 자기 차례가 왔는데 생각이 나지 않아서 호명하지 못하면, 지는 놀이다.

그때쯤 우리 가족은 매일 밤 '삼국지 놀이'를 하며 긴긴 겨울밤을 보냈다. 어떤 때는 조조의 부하 장군 '이름 알아맞히기'에서 경준이가 혼동하여 유비의 부하 장군을 호명하면, 경민이는 자기가 이겼다고 놀이 끝을 선언해 버렸다.

그러면 경준이는 그 사람은 조조의 부하가 맞는다고 울면서 우기게 되고, 결국에는 각시가 불을 다시 켜고 삼국지 책을 찾아서 경준이에게 확인시켜 주어야 가까스로 소동이 끝나게 되었다. 그래도 분해서 씩씩대는 경준이에게

"내일 밤에 다시 해서 네가 이기면 되잖아. 그러니 오늘은 그만 자자!" 하면서 각시가 달래 주면

"알았어, 형아! 내일 밤 꼭 다시 하자?"

하고 다짐하고 나서야 우리는 겨우 잠을 청할 수 있었다.

집에 있던 얼마 안 되는 책을 다 읽고 나서 일주일에 한 번씩 서점에 가서 몇 권의 책을 사다 주기도 했으나, 책값도 비싼데 어찌나 책을 먹어대는지 계속해서 책을 사다 대주는 것이 한강에 돌 던지는 기분이었고, 아들들의 '마음양식'을 대 주느라 밥맛없어하시는 어머니를 위한 고등어 한 손 값이 비싸게 느껴졌다.

그래서 각시가 아들들이 다니는 초등학교 울타리 안에 있는, 공공 도서관에 가서 도서 대출 회원증 3장을 만들어서, 일주일마다 9권의 책을 빌려다 주기 시작했다.

경민이가 5학년, 경준이가 3학년 되는 신학기 때부터는 이웃 도시로 전학을 왔기 때문에, 내가 매주 한 번씩 시골에 계신 어머니를 뵈러 갈 때마다 도서관에 들러서 책을 빌려다 주었다. 빌려온 책을 내려놓기가 무섭게 마치 어미 새가 물어온 먹이를 낚아채듯, 둘이서 책을 들고 방에 들어가 맛있는 음식을 먹는 것처럼 책을 읽었다.

이 시골 도서관은 조용하고 한적해서 천천히 책장 사이를 걸어 다니며 책을 고르다 보면 마음이 차분히 가라앉는다. 나중에 두 아들들이 공부를 마치고 나면 시골집에 어머니 곁으로 돌아가서, 봄이 오면 산 그림자가 비치는 방죽 둑에 앉아 낚싯대를 드리워서 세월을 낚고, 겨울이면 마음의 양식을 얻는 독서대신 잠이 쉽게 오는 약으로 쓰는 독서를 해야겠다.

두 아들들은 커가면서, 경준이는 마음을 겉으로 표현하고 경민이는 마음을 속으로 감추었다. 경준이는 겉으로는 다 아는 것 같지만 실제로는 잘 모르고, 경민이는 겉으로는 모른 척하지만 실제로는 알고 있었다.

똑같은 부모에게서 태어나 똑같은 음식을 먹고, 똑같은 공부를 하면서 자라나는데도 서서히 서로 다른 개성이 드러나는 것을 보면, 개성은 만들어지기보다 타고나는 것이 아닌가 하는 생각이 들었다.

꾸준한 책 읽기의 효과인지는 알 수 없지만, 경준이는 4학년이 될때까지 학급에 주는 다독상을 3번 받았고, 경민이는 백일장이나 교내 글짓기 대회 등에서 우수상을 6학년을 마칠 때까지 10번이나 받아 와서, 몇 년을 두고 도서관에 다니면서 책을 갖다 바친 아버지의 노고를 보상해 주었다.

마침내는 경민이가 6학년을 졸업하기 전, 10월의 교내 '독서 골든벨 대회'에서 금상을 받아 와서 온 식구가 만세를 불렀다.

그로부터 2년이 지난 뒤, 경준이가 초등학교를 졸업하는 해의 2월 둘째 주쯤인가 그날도 도서관에 갔었다.

도서관에 들어서니 관장님께서 반갑게 맞아 주시며 '한국도서관협회'에서 시행하는 '책 읽는 가족'으로 선정되었다며 축하 말씀과 함께 인증서와 현판을 내주셨다. 생각지도 않은 뜻밖의 일이었다.

나도 모르게 책 읽는 가족으로 추천해 주신 관장님께 감사드리고, 언제 가도 늘 묵묵히 앉아서 수고하시는 직원 여러분께도 감사를 드린다.

너는 '아차' 동자냐?

살아오면서, 조석으로 표변하고 하루에도 오만 가지의 잡다한 생각으로 가득 차 있는 사람에 대해서 깊이 관찰하고 본심이 무엇인가를 파악해 보려는 노력을 별로 해 본 기억이 없다. 그래서 다른 사람의 '마음 알기 기술'이 퇴화되어 눈치 없고 재미없는 사람으로 아는 사람은 다 알고 있지만, 그래도 사람이 살아가는 것은 길게 놓고 보면 별난 사람 없다는 생각으로 특별히 "기대해 달라."고 부탁하지 않는 한 기대도 없고, 또한 자신의 성취를 위해서 과도한 욕심으로 남에게 기대지 않으니 실망도 없다.

이렇게 기대도 없고 실망도 없는 '물파노'인 나에게도, 기대하게 하고 실망하게 하는 두 아들이 있다.

경준이는 학교에 입학하기도 전에 글씨도 다 읽고, 하는 말도 영글어서 제법 똑똑하게 보였다. 따라서 내 자식은 특별할 것이라는 오해

와 특별하기를 바라는 기대 속에, 주위 사람들이 덕담으로

"그놈 참, 똑똑하게 생겼다!"

하고 말하는 '지나가는 소리'를 꼭 붙잡고 자식의 빛나는 앞날을 그려 보며, 그렇지 않아도 소중한 자식이 더욱 귀하게 생각되어 자식의 말 한마디 손짓 하나에도 눈을 떼지 못했다.

그러나 특별할 것이라는 오해가 정말 오해였다는 것이 서서히 드러나기 시작했다. 저학년 때에는 곧잘 높은 점수의 시험지를 받아 와 부모를 기쁘게 해 주어서, 한 번도 공부를 못할 것이라는 생각을 해 보지 않았다. 그렇게 자식의 특별한 두뇌를 굳게 믿고 있었는데, 5학년 기말시험에서 평균 80점에도 못 미치는 성적표를 받아 왔을 때는 가슴이 덜컥 내려앉았고 배신당한 기분으로 머리에서 더운 김이 올라왔다.

이런 점수를 받아 놓고도 편안한 얼굴로 맛있게 저녁밥을 먹는 아들이 미웠다. 밥맛이 뚝 떨어져서 밥상에서 멀찌감치 물러앉아서 예전과는 달리 멍청해 보이는 아들을 흘겨보는데, 미운 아들과 마주 앉아서 공부는 공부고 밥은 먹어야 산다고 생각하는지 이것저것 골고루 젓가락질을 해 가며 맛있게 고봉밥을 먹는 각시도 덩달아 미워졌다.

"혹시 경준이 공부 못하는 것 너 닮은 것 아니야?"

했더니, 젓가락을 상 위에 딱 소리가 나도록 내려놓으며, 인간성 좋은 것은 나를 닮았는지 모르겠지만, 공부를 못하는 것은 누구를 닮았는지 내가 어떻게 알겠냐며 얼굴을 붉힌다.

그동안 편안했던 마음이 갑자기 불안하고 조급해져서 경준이의 책상을 방에서 거실로 옮겨 놓았다. 아들의 책상에서 조금 떨어진 곳에 상을 펴고 앉아서, 책을 뒤적이며 아들을 관찰하면서 공부 시간을 같이했다.

　대개 당찬 소리를 하는 것으로 봐서는 공부도 잘할 것 같지만, 그렇지 않은 애들에게서 보이는 집중하지 못하는 산만함이 있었다. 책상에 앉은 지 10분도 되지 않았는데 만화책을 들고 화장실에 가서 10분도 더 앉아 있고, 공부하는 도중에도 소금국을 먹은 것처럼 냉장고 문을 열어젖혔다.

　어느 날은 꽤 오랫동안 자리에 앉아 있어서 이제 조금 나아지는구나 싶었는데, 갑자기 아! 하면서 뒤로 벌렁 누워 버렸다.

　"경준아, 공부하다 말고 왜 뒤로 누워 버리냐?"

　했더니

　"잠깐 머리에 열 좀 시키려구요?"

　하면서 이마에 손을 얹고 한참을 누워 있다.

　컴퓨터 게임을 할 때는, 꼼짝없이 앉아서 1시간을 해도 화장실도 가지 않고 머리 식히는 일도 없더니만, 누워서 벽에 걸린 시계를 곁눈질해 가며 이마에 손을 얹고 시간을 까먹고 있다.

　본래의 성격이 부드럽지 못해서 애 어른 할 것 없이 어르고 달래는 일에는 질색이지만, 아들의 앞날에 큰 영향을 미치는 것까지도 성격을 고집할 정도로 어리석지는 않아서, 긴 겨울방학 동안 아들을 다독이고 부추겨 주면서 엉덩이에 땀이 날 정도로 붙박이로 앉아 있도록 길을 들였다.

경준이는 그동안 열심히 한 보람으로 6학년 학기말 시험에서는 평균 92점을 받아 왔고, 과학 점수는 100점을 받아 왔다. 저도 호들갑을 떨면서 좋아했지만, 나 또한 실망은 사라지고 기대를 다시 찾았다.

경민이가 학교에서 돌아와 현관문을 들어섰다.

"경민아! 경준이가 이번 시험에 평균 92점을 받아 왔더구나! 더구나 과학은 어려울 텐데 100점을 맞았단다. 대단하지 않냐?"

했더니

"그래요, 잘 봤네요."

하면서도 이내 시큰둥한 표정으로

"나는 초딩 때 거의 100점이었어요, 초딩 때는 문제가 쉬워서 대개 다 100점이에요?"

하면서 제 동생의 실력을 믿어 하지 않고, 들떠서 좋아하는 내 기분에 초를 치고 방으로 들어가 버렸다.

지난겨울 방학 동안에는, 경준이가 풀어 본 수학 문제집의 정답을 나와 함께 맞추어 가면서

"이 문제는 아주 쉬운 문제인데 틀렸구나?"

하면은, 손바닥으로 딱 소리가 나게 제 이마를 치면서 '아차' 하고, 아는 문제인데 틀렸다는 것이다. 겨울방학 내내 '아차'를 반복하며 이마를 치는 경준이를 보고, 경민이가

"야! 너는 '아차 동자'냐? '아차'도 한두 번이지….."

하고 저희 동생을 깔보며 빈정대기 일쑤였다.

오랜만에 좋은 성적을 받아서 기뻐하는 저희 동생을 칭찬하고 기운을 북돋아 주려는 지 애비의 심정도 모르고, 지 동생의 기를 눌러 버리는 저놈이, 오늘은 밉다!

공부의 시작도 사실은 밥이다

학교를 졸업하고 친구들과 몰려다니며 맹탕한 날들을 보내고 있었다. 시간이 지남에 따라 친구들도 하나둘 자리를 잡아 떠나가고 후딱 이삼 년이 지나버린 어느 해인가, 마지못해 무슨 시험공부를 하고 있었다.

다음 달로 바짝 다가온 시험 날짜에 마음이 조급해져서 새벽부터 일어나 낡은 도래 상 위에 두꺼운 책을 펼쳐 놓고 책과 씨름하고 있는데, 이른 아침부터 저희 엄마를 찾으며 칭얼대는 미영이를 업고 마당을 서성이며 어르고 달래던 어머니께서 내 방으로 오셨다.

이제 막 잠이 들었으니 금방 이웃집에 다녀오는 동안 보고 있으라며 자는 미영이를 포대기에 싸서 조심스럽게 내 옆에 뉘여 놓고 나가셨다.

그런데 한참을 자던 미영이가 갑자기 깨어서 발딱 일어나 앉으며 주위를 둘러보더니 나를 보고는 자지러지게 울기 시작했다. 아무리 어르고 달래도 울음은 그치지 않았고 촌음이 아까웠던 나는 아무것도 모르는 어린것에게 울지 말라고 소리를 치게 되어 울음소리는 한층 커지기만 했다.

그렇게 울음을 그치지 않던 미영이는 예쁘게 자라서 벌써 시집갈 나이가 되었다. 다 큰 미영이를 볼 때마다 세월이 무심하다는 말이 저절로 나오고 어린것에게 울지 말라고 소리쳤던 내가 부끄러워져 미안한 마음이 들었다.

무심한 것은 세월뿐만이 아니다. 이 글을 쓰고 있는 이 도래 상에서 미영이 엄마는 물론이고 미영이도 밥을 먹고, 중학생이 된 두 아들도 이 도래 상에서 공부도 하고 밥을 먹으며 자랐다.

주인이 버리지 않는 한 하루에도 두세 번씩 다리를 폈다 접었다 하는 수고를 참아내서 이제는 부실한 다리가 되어 삐걱거리지만, 이렇게 나와 함께 건재하고 있으니 도래 상도 무심하기는 마찬가지다.

이 새 저 새 해도 먹새가 제일이고, 소금 먹은 놈이 물 쓰더라고 우는 아이에게는 젖을 물려야 울음을 멈추고, 제아무리 항우장사라도 먹지 않고는 살 수가 없다. 제 자식이라도 때맞춰 밥을 먹여야 건강해지고 공부하라고 윽박질러도 아이가 정을 떼지 않는다.

타인과의 관계에서도 우선 술밥이라도 같이 먹으며 친밀함이 생겨야 그나마 조금이라도 내 마음을 전할 수가 있다. 이렇게 먹는다는 것은 단지 배고픔을 채우는 것뿐만 아니라 소통의 의미가 더 클

수가 있다.

공부의 시작도 사실은 밥이다. 방학 때가 되어 하루의 일과표를 촘촘하게 짜 주고도, 어제는 아침밥을 9시에 주고 오늘은 아침밥을 10시에 준다면 아이의 공부는 뒤로 밀리고 시들해져서, 시간표를 짜면서 했던 모처럼의 결심은 핑계 거리를 찾으며 흔들리게 된다.

제때에 맞추어 새로 지은 밥을 먹으며 아이들과 밥상에 둘러앉아서 사소한 일에도 칭찬해 주고 때로는 잔소리도 해 가며 웃음꽃을 피우고 싶지만, 먹고 살기에 바빠서 그렇게 하기가 어렵다고 하는 요즈음 젊은 사람들의 하소연은 "그럴 것이다!"라고 공감은 가지만, 아이는 부모 밑에서 자라야 한다는 것은 예나 지금이나 변함이 없다.

주위를 둘러보아도 가난하고 힘들게 살아가지만 아이들을 정성으로 보듬고 살아가는 부모들의 자식들은 비록 학교에서 1등은 하지 못하더라도 크게 엇나가거나 비뚤어지는 것을 별로 보지 못했다. 하지만 간혹 자식을 돈으로만 키우고, 자기도 편하고 자식도 편하게 내버려 두며 고락을 함께하지 않고 유년시절을 보냈던 부모들 중에는, 엇나간 자식을 앞세우고 누가 볼세라 몰래 상담소를 들락거리기도 한다.

엇나간 자식을 바로잡지 못한다면 나중에 자식이 장성해지고 부모가 늙어갈 때, 가을비에 젖은 낙엽처럼 부모에게 착 달라붙어서 유년시절에 같이 하지 못했던 고락을 다 늦게 같이하자면 그것도 차마 못할 일이다.

식구가 함께 밥상에 둘러앉아 식사를 하는 것은 옛날에야 누구 집에 서나 있는 일상의 일이었다. 요즈음에 와서는 시간이 되면 정확이 얼굴을 내미는 TV 속의 여배우 얼굴은 식사를 하며 볼 수 있지만, 한 식구가 같은 시간에 밥상에 모여 앉기는 서로 예약이라도 해야 될 정도로 제각기 바쁘다.

아버지의 이마에 늘어가는 주름살을 세어 볼 수 있을 정도로 옹기종기 도래 상에 둘러앉아 식구들이 밥을 먹을 때면, 언제나 긴장했던 기억이 난다. 한 손으로 수저와 젓가락을 같이 쥐고 주먹 수저로 밥을 먹으면 상스럽다고 먼저 수저로 밥을 떠 넣은 뒤 수저를 상 위에 놓고 젓가락을 사용하라고 하셨고, 오른쪽 무릎 위에 팔뚝을 걸쳐서 수저를 들고 왼손은 방바닥을 짚고 밥을 먹으면 점잖지 못하다고 자세를 바르게 하도록 나무라셨다. 먹을 만한 고기반찬에만 젓가락이 자주 가면 다른 사람도 생각해야 한다며 골고루 먹으라고 타이르셨다.

사회생활이 시작되면 누구나 다른 사람들과 함께 식사하는 기회가 많아지게 된다. 점잖은 넥타이 차림에 그럴듯한 얼굴을 가진 신사가 볼 품 없이 주먹 수저로 식사하는 것도 보았고, 술자리에 앉으면 넓은 회 접시의 무채 위에 얇게 깔아 내놓은 생선회를 한 젓가락에 두어 첨을 집어서 볼우물이 볼록하도록 입에 넣어서, 함께하는 사람들

의 젓가락이 나가는 것을 망설이게 만드는 사람도 보았다

　그런 것을 보고 언짢은 생각이 들 때면, 아버지의 밥상머리 나무람이 생각나고, 몸에 밸 때까지 두고두고 지적해 주신 아버지가 고맙고 그리워서 갑자기 눈앞이 흐릿해진다.

　어떤 때는 집에서 혼자 밥을 먹으면서 나도 모르게 오른쪽 무릎을 세우고 왼손은 바닥을 짚고 밥을 먹다가, 흠칫 놀라서 바로 앉는 내 모습에, 혼자 웃는다.

　"아버지! 지금도 거기 앉아 계십니까? 이제 좀 놔두세요!"

경준아, 학원 가자

　도시에 살면서 자식을 학원에 보내지 않고 버티기는 빚쟁이를 피하기보다 어렵다. 흡사 자주 만나게 되는 사람에게 빚을 지고 갚지 못하는 사람처럼, 상대방이 빚 독촉을 하지 않더라도, 항상 언제라도 갚아야 한다는 부담으로 마음이 편치 않은 빚쟁이가 된 기분이다.

　매일 아침 눈만 뜨면, 현관 문짝에 붙어 있는 학원 전단지를 볼 때마다, 형편상 선뜻 학원에 보내지 못 하는 나의 무능력을 일깨워 주는 것 같아서 자신이 몹시 초라해지고 아들에게 미안한 마음이 든다. 화풀이 겸 전단지를 확 잡아 뜯어서 구겨 보지만, 다음날이면 또다시 붙어 있는 전단지를 보면서 '어떻게든 학원은 보내야지.' 하고 마음을 굳히게 된다.

　6학년 여름방학이 끝나고 어느덧 2학기가 시작되었다. 경준이는 학교에서 돌아와서 조금 쉬었다가 1시간 동안 '혼자 공부'를 마치고 나서, 학원에 다니는 또래 아이들이 또 다른 학교에 가기 위해 길가에서 학원 버스를 기다리고 있을 즈음 자전거를 타고 가까운 시민 공원으로 간다.

방학 중이나 방과 후에도 혼자 공부하고 혼자 노는 경준이를 보면서, 저렇게 건강하고 밝게 자라는 모습이 어린애 본연의 모습이려니 하고 위안을 삼아 보지만, 자꾸 무언가 부족한 것 같고 방임하는 느낌이 들어서 결국에는 학원을 생각하게 된다.

셀 수 없이 많은 학원 중에서 이왕이면 죽기 살기로 가르쳐서 성적으로 보답하겠다는 학원을 찾아가 보기도 하고, 1등을 배출했다고 대문짝만하게 현수막을 내걸은 학원을 찾아가 상담도 해 보았지만, 다들 자기 학원이 최고의 프로그램으로 운영된다고 자랑만 해 대니 종잡을 수가 없다.

○○학원에 전화해서 상담 시간을 약속해 놓고, 경준이와 함께 ○○학원을 찾아갔다. 부원장이라는 여자 분이 친절하게 맞아 주셨고 간단한 인사를 나눈 후에 경준이에게 국어·영어·수학·사회·과학에 대한 학습 능력을 알아보기 위한 시험을 치르게 하였다.

경준이가 시험지를 푸는 동안, 부원장님께서 경준이는 지금까지 어느 학원에 다녔으며 학교 성적은 어느 정도냐고 물으셨다.

"지금까지 집에서 혼자 공부했으며, 아이가 좀 산만한 것 같기도 하고, 곧 중학생이 되니 영어, 수학을 좀 더 체계적으로 배우게 했으면 합니다. 또 참고로 말씀드리면 6학년 1학기 말 시험에서 평균 92

점을 받았습니다." 하고 말씀드렸다.

말을 다 듣고 난 부원장님은, 학교에서는 모두가 잘한다고만 부추기는데다 시험문제를 쉽게 출제해서 정말 성적이 좋은지 알 수가 없으니, 학부모님들은 그 말만 철석같이 믿고 있다가 나중에 중학교에 가서 시험을 보면 초등학교에서처럼 성적이 나오지 않아 깜짝 놀라서 학원으로 달려온다는 것이다.

그러면서, 학교에서도 성적 향상을 위해서 수준별 수업도 하고 여러 방법으로 애쓰는 것 같지만, 별 효과도 없는 것 같고 이제는 관심 있는 학부모들은 학교를 믿지 않는다는 것이다. 그래서 학원을 안 보낼 라야 안 보낼 수가 없는 학부모들만 이래저래 힘들어지니, 경준이 아버지께서도 자녀들 교육에 관심이 많으신 것 같은데 걱정이 많으시겠다며 나를 위로해 주신다.

나를 위로하는 그 말이 내 입장에서는 고양이가 쥐를 생각한다는 느낌이 들어서 억지로 웃으면서

"학교에서 그렇게 하니까 학원이 성업 중 아닙니까?"

했더니

"아! 그것도 그렇네요?"

하시면서 어색하게 웃는다.

마주 앉아서 밤낮으로 백날을 얘기해 보아도 해답 없는 공허한 이야기에 지루해 하던 참에, 경민이 또래의 중학생 셋이 상담실로 들어섰다.

밖이 훤할 때 들어와서 어둑어둑해질 때까지 두어 시간 가까이나

시험지를 푸느라 애쓰는 경준이의 옆모습을 보고 있으니, 괜히 잘 지내고 있는 아이를 부모 욕심에 고생길로 들어서게 하는구나 싶어서 마음이 편치는 않았다.

"다른 과목은 학원 학습 진도에 맞추어 가면 되겠고요. 그런데 영어가 다른 아이들보다 뒤떨어진 것 같네요. 그러니 경준아! 이제 학원에서 영어 단어를 외우라고 숙제를 내주면 집에서 외우고 열심히 해야 한다!"

하시면서 경준이의 등을 다독여 주신다.

돌아오는 차 안에서 옆에 앉아 있는 경준이의 안색을 살펴보니 평소에 명랑하던 기색은 간데없고, 아직도 핼쑥한 기색이 가시지 않은 얼굴로 말없이 창밖을 보고 있다.

"경준아! 시험이 어렵드냐?"

"예, 조금… 학교에서 보는 시험문제와는 조금 다른 것 같아요."

"당연히 어렵지. 쉽게 내면 네가 어느 정도 알고 있는지를 판단하기 어려우니 어렵게 내는 것일 거야. 그러니 걱정하지 말고 마음 편히 먹어라!"

그동안 저희 형이 학원에서 밤늦게 돌아오고 방학 중에도 도시락을 싸들고 학원에 다닐 때, 저는 학교에서 돌아와서 쪼금 공부하고 학교 운동장이나 시민 공원에 가서 자전거를 타고 드라이브를 즐기면서 희희낙락했던 시절이 이제는 꿈만 같을 것이다.

그렇게 여유롭게 지내는 경준이을 보고 저희 형이

"경준아! 편한 세상 사는구나. 너도 학원 가 봐라, 장난이 아니다?"

해도 남의 일처럼 듣고 웃어댔는데 이제 당장 발등에 불이 떨어졌으니 어린 마음이라도 어찌 심난하지 않겠는가?

심난하기로는 나도 마찬가지여서, 경민이 하나로도 힘이 부치는데 이제 둘씩이나 학원에 보내게 되었으니 한두 달에 끝날 것도 아닌 학원비를 어떻게 대주나 하는 걱정이 앞서서, 집에 다 올 때 까지도 부자간에는 말이 없었다.

미술 선생님이 미웁다

나는 경민이네 학교 미술 선생님이 미웁다. 예전에는 중간고사 시험문제를 어렵게 출제해서 100점을 못 맞게 한 음악 선생님이 미웁더니 만….

가뜩이나 늦더위가 기승을 부리는 땡볕 더위에 가마솥이 되어버린 차 안에서, 두 아들마저 아빠 차는 왜 찬바람이 시원하게 나오지 않느냐고 투덜대는 바람에 처음으로 가 보는 도시 근교의 체험 학습장을 찾아가는 길은 가마솥에 끓는 물 만큼이나 속이 부글부글 끓어올랐다.

여름방학이 거의 끝나갈 무렵에, 경민이는 친구와 함께 미술 과제로 도자기 공예 작품을 만들기 위해 야무지게 목장갑까지 챙겨서 주머니에 넣고 집을 나섰다. 그런데 도자기 체험 학습장에 간지 서너 시간 쯤 지났을 때, 경민이가 땀을 흘리며 터덜터덜 집에 돌아왔다.

생각보다 일찍 돌아온 경민이에게

"벌써 다 만들고 오냐?"

했더니

"에이, 순 사기예요, 다 만들어 놓은 것에다가 흙 좀 붙이고 왔어요!"

하면서 크게 실망한 듯 말했다.

미술 선생님이 '도자기 공예 작품 만들기'를 방학 과제로 내주시면서, 가까운 체험 학습장에 가서 직접 물레를 돌려서 만들어 보고 도자기가 만들어지는 과정을 체험해 보라고 하셨는데, 실제로 가 보니 빚어서 이미 말려 놓은 도자기의 표면에다 오백 원짜리 동전 크기의 꽃잎 모양 두 개를 만들어서 붙여 놓고 왔다는 것이다.

경민이가 체험 학습장 선생님에게 직접 물레를 돌려서 도자기를 만들어 보고 싶다고 했더니, 물레는 너희들이 잘 다룰 수도 없고 어려워서 하기 힘들다 하시면서, 다른 애들도 다 그렇게 했다면서 빚어놓은 도자기를 내 주시더라는 것이다. 처음부터 그렇게 하지는 안 했을 것이고, 단체로 한꺼번에 오는 것도 아니고 띄엄띄엄 한 두 명씩 오는 애들에게 일일이 물레를 돌려서 가르쳐주지 못하는 심정도 이해가 갔지만, 가끔 TV에서 방영되는 도자기체험학습장의 모습을 상상하면서 이번기회에 멋진 작품을 한번 만들어 보리라고 벼르고 갔던 아들로서는 실망이 컷을 것이다.

지척이 천 리라고, 시내에서 그리 멀지 않은 곳인데도 길눈이 어두운 나는 이리저리 헤매었다. 박물관 앞 큰길가의 기념품 가게 옆에 있는 체험 학습장의 문을 열고 들어서니, 안쪽으로 넓은 창고 같은 곳에 기다란 탁자 여러 개가 놓여 있고, 아주머니 한 분이 탁자를 닦고 있었다.

탁자 위에는 수십 개의 큰 찻잔 모양의 구워 놓은 도자기가 있었는데, 크기와 모양은 똑같고 표면에 작은 꽃잎 모양이나 나뭇잎 모양을 도도록하게 붙인 것만 달랐다. 겉보기에는 다 비슷해서 경민이는 여러 번 도자기의 밑면을 들쳐보고서야 자기 이름과 친구 이름을 찾았다.

돌아오는 길에 이런 일도 다 아들 키우는 재미려니 하는 생각이 들었으면 좋으련만, 미술 선생님은 왜 이런 숙제를 내주셔서 이 더위에 우리 삼부자를 괴롭히는가 싶은 생각이 드니, 문득 미술선생님이 미워졌다.

내가 경민이네 학교의 음악 선생님이나 체육 선생님보다 유독 미술 선생님을 미워하는 것은 다 이유가 있다. 음악 선생님은 비록 시험문제를 어렵게 내시기는 하지만 작사나 작곡을 해 오라는 숙제는 내주시지 않고, 체육 선생님도 '줄넘기 2단 뛰기' 숙제를 내주시기도 하지만 그것은 2단 뛰기를 스무 번도 너끈히 해내는 경준이가 가르쳐 주면 되고, 설령 못한다 하더라도 내가 학교에 가서 대신 뛰어서 시험을 봐 줄 수는 없기 때문이다.

그러나 미술 숙제로 내주시는 그림 그리기, 조각해 오기, 캐릭터 만들기 등은 대부분 학교에서 돌아오기가 무섭게 가방을 바꿔 메고 학원으로 달려가는 아이들을 안쓰럽게 바라보는 부모의 숙제가 되기가 십상인데, 꼭 점수와 연관 지어서 숙제를 내주시니, 결국에는 나에게 숙제를 내주시는 것과 다름없게 된다. 이렇게 되니 내가 미술 선생님을 미워하지 않을 래야 않을 수가 없는 것이다.

1학기 때 어느 날, 학교에서 돌아오는 경민이가 비눗갑 한 개를 들고 왔다.

"비누는 집에도 있는데 어디서 가져오느냐?"

"아! 이거요, 미술 숙제 할려고요. 다음 주 월요일까지 '동물 조각상'을 만들어 오라고 해서요."

하면서 비눗갑을 책꽂이 위에 올려놓았다.

며칠이 지나도 책꽂이 위에 그대로 놓여 있는 비눗갑을 걱정스럽게 바라보고 있는 사이 토요일이 되었고 경민이가 학교에서 일찍 돌아왔다.

"미술 숙제를 월요일까지 제출하라고 했다며, 오늘내일 사이로 만들어야겠구나."

했더니

"저 오늘이랑 내일, 학원 보강 있어요. 아빠가 만들어 주면 안 될까요?"

"네 숙제는 네가 해야지. 학원 갔다 와서도 시간 많잖아?"

"없어요. 시험공부 해야죠?" 하면서 어떻게든지 아빠에게 숙제를 떠넘기려고 발뺌을 했다.

　마음 같아선 보기에도 위엄 있고 당당한 사자나 호랑이를 조각하고 싶었지만, 복잡한 얼굴모양하며, 더구나 다리가 네 개나 되어 도저히 불가능하다는 생각이 들어서, 동물 그림 책장을 여러 번 넘겨가며 망설인 끝에 만만하게 보이는 오리를 선택했다.
　오리의 머리 크기와 몸통의 크기를 조화롭게 균형을 맞춰서 자연스럽게 깎아야 겠는데, 머리 쪽을 깎다 보면 몸통 쪽이 큰 것 같고, 몸통 쪽을 깎다 보면 머리 쪽이 큰 것 같아서, 자꾸만 깎다 보니 자연히 목이 가늘어져서 결국에는 소리 없이 목이 부러져 바닥에 뚝 떨어졌다.
　앉은 자리는 온통 비누 가루 천지고 바닥에 똑 떨어진 오리 머리를 보고 있으니 한심한 생각이 들었지만, 새 비누 하나를 꺼내서 신중을 기해서 다시 깎기 시작했다.
　무슨 대단한 일이라도 하는 것처럼 자정이 넘도록 청승맞게 혼자 앉아서 비누 조각을 주물럭거리고 있으려니, 슬슬 떠오르는 사람이 있다. '미술 선생님이시다!'

　아침에 일어나서 밤새 깎은 '오리 상'을 흡족한 마음으로 바라보고서, 조심조심 비눗갑에 넣어서 상 위에 올려놓았다.
　그런데 다 마신 커피잔을 들고 일어서다가 실수로 그만 비눗갑을 쳐서 거실 바닥으로 떨어뜨리고 말았다. 가슴이 덜컥 내려앉아서 비 눗갑을 열어 보니 아니나 다를까, 또 오리 목이 똑 떨어져 있었다.

　다 된 밥에 코 빠뜨린 격으로, 조금 있으면 가지고 가야 할 미술 숙 제가 목이 부러졌으니, 어찌할 바를 몰라 부러진 오리 목을 들고 거 실을 왔다 갔다 했다. 부러진 목을 붙이기만 하면 되는데 테이프로 붙일 수도 없고 접착제는 붙지 않을 것이라, 어떻게 해야 표가 나지 않게 이을 수 있을까를 고민하다가, 언뜻 주방 찬장 위에 있는 이쑤 시개가 눈에 띄었다.

　이쑤시개 한 개를 반 토막 내어서 한쪽은 몸통 쪽의 목에 박고 한쪽 은 머리 쪽 목에 박아서, 지그시 힘을 주어 붙이니 감쪽같이 붙었다.

　이윽고 학교에 가기 위해 현관문을 나서는 경민이에게, 비눗갑을 건네주면서 목이 부러지기 쉬우니 절대로 떨어뜨리지 말고 조심해 서 가져가야 한다고 현관문 밖에까지 따라가서 몇 번이나 신신당부 했다. 목이 부러져서 이쑤시개로 이었다는 말은 하지 않은 터라 들려 보낸 오리 조각상이 도중에 떨어져서 아들이 낭패를 당할 수 있다는 걱정 때문에 하루 종일 불안했다.

　밤늦게 학원에서 돌아온 아들에게
　"경민아! 오늘 미술 숙제 검사는 잘 받았느냐?"
　하고 조심스럽게 물어보았다.
　"아! 그거요, A 받았어요. A는 우리 반에서 세 명 받았는데요, 잘했다고 하시데요.”

　하면서 별일 아니라는 듯이, 아빠 덕분에 A를 받아서 고맙다는 인사치레 한마디 없이 방으로 들어가 버린다.

　아들에 서운한 건 잠시고 목이 부러져서 이어진 오리 조각상을 흠잡지 않으시고, 우여곡절 끝에 만들어진 노고를 인정해 주어 높은 점수를 주신 미술 선생님이 고마워 밤새 미워했던 마음이 눈 녹듯이 사라졌다.

　‘미술 선생님! 본의 아니게 속이게 된 점을 사과드리며, 다음 숙제를 내주시면 그때는 좀 더 좋은 작품이 나오도록 노력하겠습니다!’

　‘감사합니다!’

휴대전화기 사 주세요

　요즈음 사람들은 각시 없이는 살아도 휴대 전화기 없이는 못 산다. 휴대 전화기가 없다는 것은 세상과 소통하지 않겠다는 것이고, 나한테 연락하지 말라는 무언의 표시다.

　휴대 전화기가 없으면 사람과의 관계는 멀어지겠지만 '보이스 피싱'은 당할 일이 없으니 그것은 다행이다.

　○○대학 정문 앞의 넓은 도로를 운전하고 지나가는 일이 자주 있는데, 정문 앞 건널목의 빨간 신호등에 걸려서 한참을 정차할 때가 있다. 이때 건널목을 지나는 많은 젊은이들은 보게 된다. 재미있는 것은 초록 신호등이 켜지기를 기다리고 있을 때에는 가만히 서 있다가도, 초록 신호등이 켜지면 막 횡단보도로 내려오면서 통화하거나 문자를 보내면서 건너가는 사람이 많다는 것이다.

　이 상황이 보이지 않는 상대편에서 꼭 건널목을 지날 때를 겨냥해서 전화를 걸리는 만무할 텐데, 그것참 신기하구나 하는 생각이 든다. 그래서일까, 횡단보도 앞에 정지하게 되었을 때는 지나가는 사람 중에 몇 사람이나 휴대 전화기를 귀에 대고 지나가나 하고 할 일 없이 세어 보게 된다.

요즈음 사람들은 혼자 있어도 혼자가 아니다. 혼자 있는 것을 즐기는 것이 아니라, 혼자 있는 것을 두려워하는 사람이 더 많다. 곁에 있는 사람에게 열중하지 않고 멀리 있는 사람에게 통화하면서 열중한다.

각시도 집에 있는 전화벨 소리에는 냉큼 반응하지 않고 벨 소리가 몇 번이나 울려서야 받지만, 자기의 휴대전화 벨 소리에는 불에 덴 것처럼 화들짝 놀라면서 재빠르게 받는다.

그 민첩한 동작을 보면서

"너는 다른 것은 늘척지근하고 나무늘보 같은데 휴대전화 받을 때는 번개 같구나!"

하면은 제발 그런 소리 좀 하지 말라며 통화가 시작된다. 방금 가스 불에 올려놓은 압력 밥솥에서 석탄 기차가 지나가는 소리가 날 때까지도 통화는 계속된다.

우리 각시도 곁에 있는 나와 대화하지 않고 멀리 있는 누군가와의 대화에 열중한다. 잠자리에 들어갈 때도 머리맡에 휴대 전화기를 고이 모셔 놓고 잔다. 혹시 받지 못하면 큰일 날 전화라도 올 것처럼….

신문이나 텔레비전에서 청소년의 휴대 전화기 사용 때문에 가정에서 여러 가지 분란이 일어나고 학교에서도 수업 시간에 공부에 방해가 된다는 이야기를 보고 들으면서, 우리 아이들은 고등학교 다닐 때쯤이나 휴대 전화기를 사 줘야겠구나, 하고 마음속으로 일찌감치 정해 놓았을뿐더러, 경민이가 중학교에 들어가서도 휴대 전화기 이야기를 한 번도 꺼내지 않아 안심하고 있던 차였다.

그런데 중학교에 들어가서 처음으로 1학기 중간고사 시험 성적표를 받았을 때였다. 다른 과목들은 대체로 점수를 잘 받았으나 중요하게 생각되는 영어와 수학에서 두세 문제씩 틀려서 크게 만족스럽지 못했지만 그래도 좋은 표정으로

"잘했구나. 기말고사에서는 영어, 수학을 좀 더 잘할 수 있도록 해라!"

하고 편한 마음으로 지나치려 했는데 느닷없이,

"아빠! 그러면 기말고사에서 영어, 수학을 100점 맞으면 휴대 전화기 사 주세요?"

하는 것이었다.

공부를 걸고서 약속을 주고받는 그런 사이가 아니었는데 처음으로 공부를 걸고서 내기를 제안했다. 가만히 경험에 비추어 보니 94점과 100점의 차이는 금방이라도 오를 것 같지만, 실제로 해 보면 60점에서 80점으로 올리기보다 훨씬 더 어렵다는 생각이 들었다.

물론 휴대 전화기를 사주지 않기 위해서 아들이 100점을 맞지 못하기를 바라는 삐딱한 아버지는 아니다. 처음으로 제안하는 아들의 청

이라는 것을 감안해서 반신반의하면서도 그렇게 하자고 약속했다.

몇 달 후, 기말고사 시험 성적표가 집에 도착했다. 기필코 휴대 전화기를 쟁취하고 말겠다는 일념으로 공부했는지 영어, 수학 점수가 100점이 나왔다.

이런 결과가 나온다면 앞으로도 내기를 100번이라도 할 수 있을 것 같았다. 어차피 사 줄 거라면 이길 수 없는 줄다리기를 하기보다, 한 번 한 약속은 꼭 지킨다는 아버지가 되는 것이 현명하다는 생각이 들었다.

휴대 전화기를 사 주고 얼마가 지나서였다. 경민이가 학교에 간 뒤에 방에 들어가 보니 휴대 전화기가 책상 위에 놓여 있었다.

그날 저녁에 아들들의 학교생활에 대해서 이것저것 물어보다가

"참, 경민아! 왜, 오늘 휴대 전화기를 학교에 안 가지고 갔더라. 잊어버리고 갔냐?"

"아니에요. 학교에 가지고 가면 수업 시간에 문자를 주고받고 게임을 하고 그래서 공부에 방해가 돼요. 통학 버스에서도 선배들이나 반 친구들이 빌려 달라고 해서 오래 통화를 하면은 요금이 많이 나와서 부모님들에게 야단맞는 애들도 있어요?"

하는 것이었다.

그렇지 않아도 한 번 사 주기로 약속했으니 사 주기는 했지만 공부에 방해가 될까 봐 은근히 걱정되었는데, 시키지도 않은 일을 스스로

실행하니 다행이라는 생각이 들었다. 적어도 휴대 전화기 때문에 앞으로 아들과 얼굴 붉힐 일은 없을 것 같았다.

"그런데 아빠! 수업 시간에 휴대 전화기 때문에 웃기는 일이 있었어요."

"무슨 일인데?"

"수업 시간에 선생님은 칠판에 글씨를 쓰고 계셨고 우리들은 필기를 하고 있는데, 어디선가 휴대 전화기 진동 소리가 두 번 정도 들리는 거예요. 그때 선생님이 뒤돌아보시면서 '누구냐? 나와!' 하고 휴대 전화 진동 소리의 주인을 찾는데, 애들이 서로 얼굴만 쳐다보면서 눈만 껌벅거리고 아무도 나오지 않으니까, 선생님이 화가 나셔서 반 전체 학생들을 벌로 손바닥 세 대씩을 때렸어요. 다 때리고 나서 '이번에도 나오지 않으면 다섯 대씩이다!' 하시면서 저에게로 왔어요. 제가 제일 앞줄에 앉거든요. 제가 손바닥을 들고 맞을 준비를 하고 있는데 어디선가 또 휴대 전화기 진동 소리가 나는 거예요. 내 짝꿍이

'선생님, 교탁 위에서 나는데요?'

하니까, 선생님께서 교탁 위에 있던 책들 사이에서 휴대 전화기를 꺼내 보시고는, 웃으면서 뒷머리를 긁으시며

'내가 맞아야겠구나!' 하시고는 매를 든 손으로 자기의 다른 손바닥을 3번 때리는 거예요. 우리들은 우~우~ 소리치며 박수를 치고, 책상을 두드리며 교실이 떠나가도록 웃었어요."

나는 세탁소 주인이다

결혼하기 전 어느 해 봄날인가, 여러 가지 단점투성이에 고집까지 겸비한 나를 붙들고 부처님의 마음으로 지금까지 살아준 각시를 만나러 서울행 기차를 탔다. 달리는 차창 안으로 밀려드는 산과 들은 봄빛을 가득 먹어 초록빛으로 빛나고, 한적한 시골 역 선로 가에 늘어선 벚나무에서는 하얀 벚꽃이 눈처럼 휘날렸다.

내 주위의 친척이나 친구들은 물론이고 동네 어른들까지도 이 보잘것없는 청년을 장가들이지 못해서 안달이 나, 이분 저분이 이 처자 저 처자를 번갈아가며 들이대었다. 참, 조심스럽고 여러 번 생각해야 할 일일 것인데도 수고를 마다하고 나를 좋게 포장해서 소개해 주어 그때마다 감사하고 송구스러웠다.

그러나 여러분의 노고에도 불구하고 과대 포장된 것이라는 느낌이 들었는지, 열에 아홉의 처자들은 내게 퇴짜를 놓았다. 이쯤 와서 생각해 보면 우리 각시한테는 미안한 말씀이지만, 아! 그 처자들은 얼마나 슬기로웠던가!

그때 퇴짜를 맞았던 이유가 사람 됨됨이나 용모, 경제력 등이 그 처자들의 기준에 미치지 못했기 때문이겠지만, 사람 됨됨이는 지금까지 별 탈 없이 살아온 걸로 증명이 됐고, 잘못된 점이 있으면 차차 고쳐 가면 될 것이고, 용모는 타고난 것이라 어쩔 수 없으며, 혼사에 있어서 재물을 논하는 것은 오랑캐나 하는 짓이라고 믿고 있었으니, 선을 보는 족족 퇴짜를 놓는 처자들이 야속하기만 했다.

몇 번 퇴짜를 맞고 돌아서면서 겉으로는 드러나지 않지만 스스로는 자부하고 있는 장점들까지도 송두리째 거부당한 심정이라, 그것을 추스르는 것도 소중한 나에게 더 이상 못할 짓이어서 어떤 특단의 대책이 필요함을 절실히 느꼈다.

이전까지 옷이 날개라는 말을 믿지 않았던 나는 후줄근한 양복에 와이셔츠는 다려 입은 지 사나흘이 되도록 편한 대로 입고 다녔고, 양복바지도 다린 지 오래되어 바지 주름이 희미해진 탓에 원래 주름이 없는 펄렁펄렁한 바지처럼 보였다.

인격이나 경제력은 포장이 쉽지 않겠지만, 용모는 가꾸고 옷매무새를 정갈히 해서 첫인상이라도 깔끔하게 포장하면 까탈스런 처자들의 감성이 흔들리지 않을까 싶어 손잡이 앞쪽에 있는 단추를 누르면 쐑쐑 소리를 내며 증기가 나오는, 최신식 증기다리미를 큰맘 먹고 새로 장만하였다. 그때부터 아침밥은 거르더라도 양복과 와이셔츠는 매일 다려 입고 너부데데한 얼굴을 앞세우고 밖으로 나다녔다.

어둠이 내려앉는 저녁때가 되어서 서울역에 도착했다. 오랜만에 만난 고향 친구와 어렸을 때의 추억을 더듬어 보다가 밤이 깊어졌는데도 헤어질 줄 몰랐다.

얼마 전에 결혼한 지 채 1년도 되지 않은 어떤 친구는 얼굴은 볼 것도 없고 화폐 깨나 있음직한 처자를 택해야 한다며, 미모도 보지 않고 더더구나 화폐까지 가늠해 보는 것은 언감생심인 내 눈앞에서 예쁜 저희 각시를 모독하며 우스갯소리를 해서 맞장구치느라 불편했는데, 오늘 만난 친구는 심성이 고운 처자를 으뜸으로 놓고 순리대로 말하고 이번에는 꼭 잘될 것이라고 기운을 북돋워 주어, 술이 달고 마음이 환해져서 술이 술술 넘어갔다.

다음 날 아침에 늦게 일어나서 어젯밤에 걸어 둔 와이셔츠를 만져 보았는데 더러워진 와이셔츠를 대강 손으로 주물러서 걸어 놓는 바람에 아직도 채 마르지 않고 꾸덕꾸덕했다.

몸에 달라붙는 눅눅한 와이셔츠에 웃옷을 걸치고 여관을 나서 세탁소를 찾았다.

처음 찾은 세탁소는 문을 열지 않았고 두 번째 찾은 세탁소는 마침 문이 열려 있었다. 세탁소에 들어서니, 주인은 없고 세탁소에 딸린

밀창문이 드르륵 열리면서 어린 여자아이가 얼굴을 내밀었다.

"아저씨, 오늘 일요일이어서 세탁소 쉬는데요? 아빠도 안 계셔요?"

"일요일? 아! 내가 깜빡했구나!"

당황스러웠다.

"얘야! 요금은 낼 테니 내가 다리미 좀 쓰면 안 될까?"

하고 사정하는 눈빛으로 말했다.

아이는 곧 그렇게 하세요, 하면서 드르륵 문을 닫고 밖에 일은 신경 쓰지 않고 동생들과의 놀이에 열중했다.

주인 없는 세탁소에서 손님이 자기 옷을 자기 손으로 다려 입고 요금을 지불하는 어처구니없는 상황에, 옷을 다리면서도 웃음이 났다. 지금 생각해 보면 당황할 필요 없이 그냥 옷가게 가서 와이셔츠 하나 사 입었으면 간단한 일이었을 텐데, 그때는 왜 그 생각을 못 해 냈는지….

경민이는 중학교 3학년이 되었고 경준이는 중학교 1학년에 입학하게 되었다. 해마다 입학철이 돌아오면 교복값이 겁나게 비싸다고 여기저기서 목청껏 노래를 불러대지만, 혼자 노래방에 가서 노래를 부르는 것처럼 정작 들어주는 사람이 없으니 목만 아프다.

3년 전에도 들었던 흘러간 노랫소리를 귓등으로 들으면서, 나는 오늘도 새벽부터 다리미를 손에 들었다. 아직도 밖은 어둑어둑하고 자기가 아들들의 교복을 다려 주는 것이 자연스런 그림이 될 것 같은데….

아무리 잠을 많이 자도 미인이 되지 않는 우리 각시는 나 몰라라 하고 단잠에 빠져 있고, 조금 일찍 일어나서 새벽 공부라도 해 주면 더할 나위 없이 마음이 든든할 텐데… 내일은 아침 해가 뜨지 않을 것이라 생각하고 잠이 들었는지 우리 아들들은 꿈속을 헤매고 있다.

우리 동네의 여러 세탁소 주인보다 더 일찍 일어나서 아들들의 바지 두 벌과 와이셔츠 두 장을 들었다 놓았다 하면서 교복과 씨름을 하고 있다. 바지는 두 줄로 난 앞 주름이 어렵고, 와이셔츠는 소매 트임 옆주름이 어렵다.

별다른 다림질 도구 없이 달랑 담요 한 장 깔고 하는 다림질이어서, 바지 앞 두 줄의 주름은 두꺼운 책을 옷 속에 넣어서 다리미의 열을 약간 높여 주고 물을 뿌려서 지그시 눌러 주면 잣대로 대고 그은 선처럼 두 줄이 선명히 나타나는 기술을 터득할 수 있지만, 이삼일에 한 번씩 몇 년을 두고 해 온 다림질에도 와이셔츠 소매 트임 옆주름 부분은 아직도 손쉽게 다리는 기술을 터득하지 못해서, 항상 어설프게 다림질을 마무리 짓고 만다.

저희들은 단잠에 빠져 있을 때, 새벽같이 일어나서 온 정성을 다하여 다림질을 마친 옷 두 벌을 옷걸이에 걸어 놓고 완성된 작품을 감상하듯이 흐뭇한 마음으로 바라보고 있을때 까지도, 일어날 기척도 하지 않는다.

그나마 우리 아들들은 어제 밤늦게까지 공부라도 했으니 덜 미웠지만, 일찍부터 잠자리에 든 각시의 달덩이 같이 밋밋하고 굴곡 없는 얼굴을 물끄러미 바라보니, 얄미운 생각이 밀려온다.

　내가 처음부터 다림질을 도맡게 된 것은 아니었다. 경민이가 중학교에 입학했을 때만 해도 처음에는 각시가 옷을 다려 입혔는데, 학교에 가기 전에 미리 옷을 다려 놓는 것이 아니라 아침이 되어서야 밥 차려 주랴 옷 다리랴 허둥대다보니, 통학버스를 타야할 시간이 임박했는데도 옷을 다 다리지 못해서 먼저 다린 바지만 입고 서서 발을 동동 구르며 버스를 놓친다고 다리는 셔츠를 달라고 하는 진풍경이 매일같이 벌어졌다. 아침마다 일어나는 이런 북새통에 집안이 시끄러웠고, 따라서 옷을 다리는 둥 마는 둥 해서 입혀 보내는 일이 다반사였다.

　성질 급한 사람이 술값 먼저 내더라고, 결국 성질은 급하지만 준비성이 제법 되는 내가 한두 번 다려 입히기 시작한 것이 이제는 떡하니 내 일로 이름 지어지고 말았다.

　말이나 못 하면 밉지는 않더라고, "파노 씨는 성질은 급해도 다림질은 잘해요?" 하면서 살살 구슬리는 목소리로 다림질을 아주 내 일로 굳혀놓더니만 나중에는 아들들의 옷을 다리려는 기색이 보이면 자기 옷도 살짝 한두 벌 끼워 넣어서 묻어가는 센스도 보였다.

　아침이 밝아오고 등교 시간이 되었다. 교복 바지의 주름은 손을 대면 베일 것 같이 날이 서 있고, 구김살 하나 없는 하얀 와이셔츠에 검정 넥타이를 매고 선 두 아들의 모습에 대견스러워하며 헤- 하고 나는 웃는다.

집을 나서서 싱그러운 아침 봄바람을 맞으면서 저만치 아파트 앞마당을 씩씩하게 걸어가는 두 아들의 뒷모습을, 베란다 차광막을 살짝 열어젖히고 흐뭇하게 바라보고 있는 내 모습이, 바로 영구다.

점수 좀 벌어 보려구요

경민이는 '창고지기'다. 아침마다 목패에 주렁주렁 매달린 열쇠 꾸러미를 주머니에 넣고, 찰가닥찰가닥 소리를 내면서 계단을 내려간다.

학교에 다녀와서는 현관문 옆에 있는 책꽂이 위에 내어놓았다가, 다음날 아침이면 잊지 않고 열쇠 꾸러미를 챙겨서 학교에 가는 아들이 대견스럽다.

집에서는 제가 보던 책들이 거실 바닥에 나동그러져서 발길에 채여도 제자리에 갖다 놓지 않고, 2년 넘게 메고 다니는 학원 책가방이 헤어져 너덜거려도 아무렇지도 않게 생각하는 무감각한 애가 학교 생활에 관계된 것은 스스로 잘 챙겨주니 얼마나 다행인지 모르겠다.

2학년 1학기 내내 가지고 다녔던 열쇠 꾸러미를, 2학기가 시작되어서 한참이 지났는데도 계속 가지고 다니는 경민이를 보고

"경민아! 2학기 때에는 부반장을 맡지 않았다면서 아직도 창고지기를 하냐?"

했더니 창고지기라는 말에 웃음이 나는지 히쭉 웃으면서

"창고지기요? 창고지기는 무슨 창고지기예요, 학교 자재함 열쇠예요."

"그러니까 창고지기지. 창고지기는 학급 반장이나 부반장이 맡는 것 아니냐?"

"아니에요. 반장이랑 부반장하고는 상관없고요, 봉사 활동 점수를 벌기 위해서 하는 거예요."

점수를 받는다, 점수를 딴다, 는 말에는 익숙하지만 '점수를 번다'는 말에 점수도 돈벌이하는 것처럼 벌어야 한다고 표현하는 아들에게서 장사치 냄새가 풍기는 것 같아서 그 말이 귀에 거슬렸고, 또한, 공부깨나 한다는 애들 사이에서는 점수에 대한 집착이 대단할 것이라는 느낌이 들었다.

"점수를 벌어? 봉사 활동 점수를 번다는 것은 무엇을 말하는 것이냐?"

"아, 그것은요. 1학년 때부터 3학년 때까지 학년마다 18시간씩 봉사 활동을 해서, 3학년 마칠 때까지 54시간을 채우면 100점을 주는 거예요. 그러니까 100점을 받으려면 어떻게든 점수를 벌어야죠?" 하는 것이다.

봉사 활동이라는 것은 사심 없이 마음에서 우러나는 기쁜 마음으로 해야 하는 것인데도, 점수를 번다고 표현하는 경민이를 보니 즐거운 마음가짐으로 창고지기를 맡고 있는 것은 아닌 것 같았다.

　며칠이 지난 후에 학교에서 돌아온 경민이가 교복을 벗으면서 밑도 끝도 없이

　"아빠, 저 잘했는지 모르겠어요?"

　하는 것이다.

　"무엇을 잘했는지 몰라?"

　자기 반에 장애우가 한 명 있는데, 이틀 전에 담임 선생님께서 '장애우 학교생활 도우미' 일을 하고 싶은 사람은 신청을 하라고 하셔서 그동안 몇 번을 망설이다가 오늘 반 친구 두 명과 함께 신청했는데, 잘한 일인지 모르겠다는 것이다.

　대단히 뜻밖의 일이라는 생각이 들었지만

　"그래! 잘했구만. 그런데 네가 스스로 좋은 일을 하려고 자청해서 신청하고서 무엇을 잘했는지 모르겠다는 것이냐? 네가 좋아서 하는 것이 아니냐?"

　라고 했더니

　"에이, 아빠도 참. 그런 거 좋아서 하는 애들이 요즘 어디 있어요. 다른 애들한테 이미지도 좋게 하고, 점수도 좀 벌어 보려고 하는 것이에요."

　하는 것이다.

　나는 경민이가 장애우 도우미로 신청했는데 잘했는지 모르겠다는 말에, 내심으로는 몸이 불편하고 약한 친구라서 도와주려고 도우미로 신청을 했지만 잘할 수 있을지 걱정되네요, 라는 어른스런 말을

기대하고 있었는데, 자꾸 점수에 연관시키는 아들이 얄밉고 철딱서니 없다는 생각이 들었다.

그래서 '경민아, 너는 점수 기계냐?' 하고 나무라고 싶었지만 나 역시 아들들의 점수라면 경민이 못지않게 자다가도 일어나는 사람인지라,

"그래, 잘했다! 아무리 점수에 관계되더라도 기왕에 맡았으니 기쁜 마음으로 잘 돌봐 주거라."

하고 말했다.

얼마가 지나서, 점수를 벌려고 봉사활동을 한다는 경민이의 도우미 봉사 활동이 영 미덥지가 않아서

"경민아! 도우미 봉사 활동은 잘하고 있느냐?"

하고 물었다. 그러자,

"예, 잘하고 있어요!"

하면서 소리 없이 웃는다.

저도 진심으로 우러나서 하기보다는 점수를 벌기 위해서 시작한 봉사 활동이라서, 어설프고 어색해서 웃음이 나기도 할 것이다. 나는 장애우를 구체적으로 어떻게 도와주는 것인지가 궁금해서, 학교에 장애우는 몇 명이나 되며, 몸이 불편한 정도는 어느 정도이고 식사 도우미는 어떻게 하는 것이냐고 꼬치꼬치 캐물었다.

이윽고 경민이가 하는 말이, 2학년 전체에서 장애우는 시범 반으로 지정된 자기 반 한 명뿐이고, 그래서 2학년 교실은 모두 4층에 있는

데 자기반만 장애우를 위해서 1층에 있다는 것이다.

'김철우'는 팔다리가 불편하지만 천천히 걸어서 식당까지는 갈 수가 있어서 같이 식당에 가서 '철우'를 식당에 앉게 하고 식판에 밥과 반찬을 담아다 주고 저희들은 따로 앉아서 식사를 한다는 것이다. 그러고 나서, 아무래도 저희들보다 늦게 식사를 하는 철우가 식사를 마칠 때까지 밖에 나와서 놀면서 기다렸다가, 식사가 끝나면 식판을 치워준다는 것이다.

그리고 철우 덕분에 덕 보는 것도 있는데, 그것은 여름에 더워지면 전 교실에 오후부터 에어컨을 틀어주는데, 자기 반만 오전부터 에어컨을 틀어 주어 덕 좀 본다는 것이다.

경민이의 말을 다 듣고 나서

"그래? 너희 반은 철우 덕분에 특별히 혜택을 많이 보는구나. 매일 4층까지 오르락내리락하지 않아도 되고, 더운 여름에 에어컨을 일찍 틀어 주니 얼마나 시원하겠냐? 그런데 음식만 날라다 주지만 말고 너희들도 같이 앉아서 이야기하면서 식사를 해야지, 음식만 날라다 주고 너희들 셋이 따로 식사를 한다는 것은 보기에 좀 이상하구나? 김철우 는 너희 반 친구가 아니냐? 네 말마따나 이미지도 좋게 하고 점수도 벌려고 한다면서. 점수는 벌는지 모르지만 다른 친구들이 좋게 보지는 않을 것 같은데?"

가만히 듣고 있던 아들은 그것은 미처 생각 못 했다는 듯이 고개를 주억거리면서

"알았어요! 그렇게 하도록 해 볼게요!"

하면서 수긍하는 표정이었다.

　며칠 뒤 일요일에 경민이가 학원에 가지 않아서 모처럼 네 식구가 같이 저녁 식사를 하는데, 문득 철우가 생각났다. 얼굴도 본 적이 없고 경민이네 학교 식당을 가보지 않아서 점심 식사 시간의 정경도 잘 그려볼 수 없었지만, 다른 애들과 동떨어져서 혼자 외톨이로 식사하는 철우의 모습이 떠올랐다.
　"참, 경민아! 철우랑 지금은 같이 식사를 하느냐?"
　"예, 넷이서 같이 먹는데 분위기도 괜찮대요."
　"거 봐라, 장애우를 도우려면 마음으로 함께 해 주어야지, 달랑 밥만 날라다 주고 너희들은 딴청 피우고 있으면 그게 일꾼이지 도우미냐?"
　하고 말했다
　"그래도 비위 맞추려면 힘들 때도 있어요?"
　"무슨 비위를 맞춰?"
　"며칠 전 반찬에 파김치와 무김치가 있길래, 파김치를 갖다 주었는데 파김치는 안 먹는다며 밥을 잘 먹지 않아서…."
　"파김치는 너도 집에서 안 먹는다고 하지 않느냐?"
　"저는 안 먹지만 골고루 먹으라고 갖다 주었는데 안 먹어서 다음에는 무김치를 갖다 주니 잘 먹데요. 아 참, 지난 금요일에는 배가 고파서 죽을 뻔했어요. 점심시간이 되었는데 철우가 배가 아프다고 점심을 먹지 않는다고 해서요."

78

"그러면 너희들끼리 가서 먹으면 되지 왜 배가 고파?"

"아! 그것은요, 철우랑 같이 가면 줄도 서지 않고 먼저 식당에 들어갈 수 있는데, 우리끼리 가면 줄을 서서 차례를 기다려야 해서…. 기다리는데 엄청 배가 고프더라고요."

나는 웃음이 나오려고 했지만 꾹 참고

"경민아, 3학년 때는 봉사 점수를 어떻게 벌래?"

하고 물었다.

"3학년 때도 자재함을 관리하든지 장애우 도우미를 하면 좋겠는데 우리 학교는 장애우가 드물어서요."

우리 경민이는 공부는 열심히 하지만 남을 배려하는 마음이 부족한 것 같고, 자기만 아는 성향이 강한 것 같다.

비록 지금은 봉사 점수를 벌기 위해서 장애우 도우미를 자청했다지만, 하다보면 몸이 불편하고 약한 사람의 어려움을 알게 될 것이고, 지금의 마음보보다는 더 크고 넓게 마음보가 펼쳐져서 너그러운 사람이 되었으면 좋겠다.

또한 장애우 '김철우'라는 학생도 앞으로 많은 난관에 부닥치겠지만, 어떻게든 어려움을 헤쳐나가서 훌륭한 사람이 되기를 빈다.

우리 집 행복은 성적순이다

"눈치가 빠르면 절간에 가서도 새우젓을 얻어먹고, 말로도 천 냥 빚을 갚는다는데, 너는 눈치가 없어서 참 고생이다!"

하시면서 혀를 끌끌 차시는 우리 어머니의 말씀에

"어머니도 참, 그러면 만약에 은행에 빚이 있는데 은행에 가서 말을 잘하고 사정사정한다고 해서 빚을 탕감해 줘요?"

하고 억지를 부려 보면

"허~참! 헛똑똑이인 너하고 내가 무슨 말을 하랴!"

하시면서 고개를 돌려 먼 산을 바라보신다.

눈치가 빠르다는 것은 아마 주변 상황을 재빠르게 파악해서 자기에게 유리한 쪽을 순식간에 결정하고, 마음에 썩 들지 않더라도 다른 사람의 사정을 배려해 주면서도, 실제로는 자기는 손해를 크게 보지 않는 쪽으로 처신해 가는 사람일 것이다. 눈치가 없다는 것은 아마 주변 상황을 파악해 볼 필요성도 느끼지 못하며, 자존심만 강해서 자기 고집대로 결정하고, 다른 사람의 생각도 다 내 맘같이 생각되어 남의 사정을 배려하지 못하는 인간일 것이다. 실제로는 자기가 손해를 보았을지라도 손해를 보았다는 눈치도 못 채고, 그래도 내가 그렇게 눈치 없는 사람은 아니지, 하고 굳게 믿고 있는 사람일 것이라는 생각이 든다.

어려서부터 늘 들어왔고, 이 나이가 들어서도 나보다 훨씬 어린 나이의 각시에게조차 '눈치도 없고 철들라면 아직도 멀었다'는 소리를 들어도, 구체적으로 어떻게 말하고 어떻게 행동해야 눈치가 있는 것인지 도무지 알 수가 없다.

이렇게 눈치라고는 약에 쓸려 해도 뼝아리 눈물만치도 없다고 한탄하시는 우리 어머니의 말씀처럼 눈치 없는 내가, 역시 눈치 없는 경민이의 눈치를 보게 된다.

경민이의 눈치를 보게 되는 것은 경민이가 특별하게 요구 사항이 많아서도 아니고, 부모로서 다른 애들에 비해 뒷바라지를 잘 못 해주고 있다는 미안함 때문도 아니다.

단지, 공부를 꽤 하기 때문이다. 동생인 경준이는 '할 일 시간표'대로 공부시간이 되면 공부에 열중이 되든 안 되든 간에 책상 앞에 앉아서 꼬박 1시간을 때운다. 그렇게 하는 것이 저희 아버지의 비위도 맞추고 저도 편안하게 지낼 수 있다는 것을 일찌감치 눈치챘기 때문이다. 반면 경민이는 오늘도 학원에서 돌아와서 조금 쉬었으면 '할

일 시간표'대로 1시간을 공부해야 하는데도, 방바닥에 배를 깔고 책만 보며 책상 앞에 앉을 기미가 없다. 저대로 그냥 잠들지 않을까 하는 조바심이 생겨서 방문 앞을 왔다 갔다 하면서 경민이를 쳐다보면, 왜 내가 방문 앞을 왔다 갔다 하는지를 눈치챈 경준이가 방에 들어가서

"형아! 저녁 공부해야지!" 하면서 어깨를 흔들어도 코대답도 하지 않고 책장만 넘기고 있다. 눈치 있는 놈이 눈치 없는 놈의 눈치를 보기는 쉬울 텐데, 눈치 없는 놈이 눈치 없는 놈의 눈치를 보자니 역정이 날 때가 한두 번이 아니다.

예전에 텔레비전에서 손가락으로 V자 모양을 그려 보이며 "행복은 성적순이 아니잖아요?"라고 말하면서, 해맑은 웃음으로 공부에 시달리는 아이들도 위로해 주고, 자식의 성적 때문에 걱정이 많은 부모들의 마음도 '그래! 공부가 인생의 전부는 아닐 테지!' 하고 잠시나마 마음을 누그러뜨려 주는 화면을 본 적이 있다.

그렇지만 마음을 편안히 갖는 것도 잠시뿐이고, 화면이 사라지고 나서 옆을 보면 입을 헤벌리고 텔레비전 화면에 폭 빠져 있는 자식을 보고

"공부는 안 할 거냐?"

는 소리가 저절로 나오게 되는 것이 대개의 부모의 마음이다.

누구에게는 성적순이 행복이 아닐지도 모르겠지만 우리 집에서는 '행복은 성적순이다!'. 시험 기간이 되면 하루에 두세 과목씩 삼사 일간 시험을 보게 되는데, 우리 식구는 매일 시험을 보고 돌아오는 경

민이의 얼굴 표정을 살피게 된다.

경민이가 현관문을 막 들어서면서

"아빠? 국어, 수학은 다 맞고요, 음악은 두 문제 틀렸어요?"

하고 그날 시험 점수를 발표할 때마다, 각시와 경준이는 환호성을 지른다. 나도 잘했다고 허허 웃긴 하지만 음악마저도 100점을 받지 못한 것이 안타까워져서 시험 문제를 어렵게 내서 100점을 못 맞게 한 음악 선생님이 미워진다.

어느 날은 경민이가 시험을 보고 와서 아는 과학 문제 한 개를 실수로 틀렸다고 눈물을 뚝뚝 떨어뜨리며 밥을 먹는다. 나는 그런 아들을 바라보면서 어린 마음에 과학 문제 한 개를 틀린 것이 얼마나 원통하면 저럴까 하고 생각해 보았지만, 나로서는 그 마음을 측량해 볼 수 없어서 그저 먼 산만 바라보고 있었다.

그사이에 눈물에 밥을 말아먹고, 학원가방을 메고 현관문을 나서는 경민이의 뒷모습이 측은했다.

경민이는 시험을 잘 보게 되면 속으로야 저도 기쁠 것이지만 크게 내색하지도 않는데 정작 각시와 경준이는 경민이보다 더욱 기뻐하며 얼굴이 해 낙낙해진다. 그도 그럴 것이, 좋은 시험 점수를 받아 오지 못하면 '할 일 시간표'의 재조정은 물론이고, 상당히 오랫동안 집안이 암울한 기운에 휩싸이게 되고 삐쳐서 말도 곱게 받아주지 않는 나의 성미에, 마음 약한 그들로서는 견디기 어려운 시련의 시간이 될 수 있기 때문이다.

좋게 받아 온 점수에 티 나게 하하거리면서 말도 나긋나긋하게 받아 주는 나를 보고, 각시는

"경준아! 경민이 덕분에 이번 여름방학은 좀 편안하게 지낼 수 있겠구나. 얼마나 다행이냐, 너도 편한 세상 살려면 공부 좀 열심히 해라!"

"걱정 말아요. 나는 커서 해군사관학교에 갈 거예요!"

하면서 장담부터 앞서는 경준이가 한편으로는 귀엽기도 해서, 다같이 웃음보를 터트렸다.

경민이는 그러든지 말든지 마치 남의 일처럼, 방바닥에 배를 깔고 책만 보고 있다.

경준이의 성적은 비밀이다

 현관문의 초인종 소리가 띵동, 띵동, 띵동 하고 빠르게 울려댄다. 경준이다! 이번 시험은 잘 치른 것 같다. 급하게 신발을 뒤쪽으로 뿌리쳐 버리고 거실로 들어서는 경준이는 과연, 이를 하얗게 드러내고 웃으며 득의양양한 표정이다.

 시험을 잘 치르지 못한 날은 초인종 소리가 딩~동~ 하고 미안한 듯이 얌전하게 울리고, 하얗게 된 얼굴에 식은땀을 흘리면서 떨어트린 고개를 들지 못한다. 항상 시험 문제가 어려워서 많이 틀렸다고 말하는 것이 아니고 다 아는 것인데 실수라고만 하니, 그 말을 곧이곧대로 믿고 싶은 나는, 시험이 있을 때마다 실수가 있을까 걱정이 되어 초인종 소리에 예민하게 반응한다.

 경준이가 중학교에 입학해서 처음으로 치른 시험 성적은 저희 형에 비하면은 많이 뒤떨어지는 것이었고 기대치 이하였지만, 이미 저희

형과는 비교하지 않을 것이라고 다짐했기 때문에 왜 그렇게밖에 받아오지 못했느냐는 나무람 대신에

"그래도 참 잘했구나! 앞으로 더 잘할 수 있을 것이다!"

라고 너그럽고 소견이 탁 트인 아빠처럼 위로했지만, 속으로야 더 좋은 점수에 대한 욕심으로 가득하니 마음이 편치 못했다.

오늘도 저렇게 온 얼굴이 번들번들하도록 땀을 흘리며 고개를 들지 못하는 것은, 열심히 하지 못한 자책 때문이 아니라 아버지의 기대치에 맞추지 못해서, 아버지가 낙담하는 얼굴을 보는 것이 저로서는 너무 민망하고 괴로워서일 것이라는 생각이 드니, 너무나 안쓰럽고 내가 아들에게 죄를 짓고 있는 것만 같다.

땟국으로 범벅이 된 얼굴을 닦아주며

"경준아! 그렇게 힘이 드느냐? 전번에 한자 시험에서 시험지를 받아들고 얼굴이 하얗게 되어 허둥대던 네 모습을 보는 것 같구나. 지금의 황당한 기분을 거울삼아 좀 더 힘을 내라!"

손을 꼭 잡고 간절하게 말하는 내 얼굴을 쳐다보지도 못하고 고개를 숙이고 듣고만 있던 아들은, 붙잡힌 손을 슬그머니 빼고서 속이 타는지 우유 한 잔을 벌컥벌컥 들이키고는 방으로 들어가는 경준이의 처진 어깨가 측은하게 보였다.

상장을 받는 것이 특별한 일이 아닌 경민이는 상장을 받은 지 한 달이 넘도록 꾸깃꾸깃 책갈피에 넣고 다니다가, 휴지 꺼내 놓듯 내놓는다. 경준이는 어쩌다 그 흔한 상장 한 번 받아 오면, 교복도 벗기 전

에 상장을 꺼내 들고 흔들어대면서 천하를 얻은 듯이 호들갑을 떤다.

받아 온 상장을 식구들이 잘 보이는 거실 벽면에 떡하니 붙이는 경준이를 보고

"오! 대단하구나! 우리 경준이도 하려고 마음만 먹으면 잘할 수 있다니까?"

하고 같이 기뻐하면서 한껏 부추겨 주면

"나도 형처럼 잘할 수 있단 말이에요!"

하고, 그동안 은연중에 품고 있던 마음속의 열등감을 표출하는 경준이가 가련해서 연민의 정이 솟아난다.

경준이의 시험 성적은 경민이에게는 항상 비밀이다. 저와 비교하면 경준이의 시험 성적은 초라한 것이어서, 시험 성적을 놓고 서로 키 재기를 하다 보면 불리한 쪽은 경준이가 될 것은 불을 보듯 뻔한 일이 될 것이고, 그로 말미암아 경준이가 받게 될 마음의 상처와 열패감은 잘해보려는 의지를 꺾게 되어 달리는 도중에 주저앉아 버리는 허망한 상황이 생길 수 있기에, 경준이의 성적은 점점 나아지는 현재 진행형이다.

경준이와 단둘이 있을 때는 약자끼리 모여서 한패를 이루듯이 형에게 약자인 저와 저에게 약자인 내가 한패를 이루어서 경민이는 공부만 좀 한다뿐이지 저만 알고 이기주의자라고 서로 흉을 보면서 깎아내리고 저를 응원해 주니, 나는 경민이에게는 배신자이지만 저한테

는 든든한 응원자다.

가뭄에 콩 나듯 받아 오는 상장도 금쪽같이 여겨서 받아오는 즉시 벽면에 붙여 주고, 찬사를 곁들이며 보고 또 보아 준다. 쓴웃음을 지으며 시큰둥하게 여기는 경민이도 은근히 보기를 권해서, 경준이도 잘하고 있으며 점점 좋아져 가고 있다는 것을 일깨워 주면서, 마음속으로는 언제든지 좋은 성적표를 받아 오면 '자! 보아라! 바로 이것이다!' 하고 떡 하니 내놓을 날을 기다리고 있는데, 오늘 받아 온 성적표는 앞으로 나아가기는커녕 한참이나 뒷걸음을 쳤다.

갈 길이 먼데도 발목에 모래주머니라도 찬 것처럼 발길은 더디고 비틀거리는 경준이에게 공부 잘하는 지름길을 가르쳐 주지 못하고, 아무 데나 붙여 대는 사랑 타령처럼 지금까지 천 번도 더 했을 '열심히 하라'는 입에 붙은 소리가 나오지 않는다.

기다리던 버스를 놓쳐버린 허탈한 심정이지만 또 다음 버스는 오는 것이고, 늘 잘하는 사람과 비교해서 못하는 사람의 다른 좋은 점까지도, 한 보따리에 싸서 한쪽으로 밀쳐놓는 습성을 버리기로 작정한 터이어서

"괜찮다! 낙담하지 말아라! 이번 한 번으로 시험이 끝나는 것도 아니고!"

하면서 욕심 많은 아버지로서가 아니라, 인자한 아버지의 마음으로 위로했다.

키는 유전이 아닌가 봐요

허물없는 사이가 시작되면 대개는 애증의 관계도 시작된다. 각시를 이름으로 불러 주는 것은 여보, 당신, 이라는 호칭이 성미에 딱 들어맞지도 않지만, 사실은 저를 낮게 보고 함부로 부르려는 것이 아니라 이름 없는 들꽃보다 이름 있는 한 송이 꽃으로, 아무렇지도 않은 엄마보다 개성 있는 한 여인으로 자리매김해 주겠다는 깊은 뜻이 있다.

이러한 사려 깊고 아름다운 사랑의 표현을 절하며 받지 않고, 너도 그러면 나도 그런다는 식으로 언제부터인가 슬그머니 저보다는 한참이나 어른인 내 이름을 불러대기 시작하더니, 이제는 아예 대놓고 맞먹는다.

허물없어지면 안 할 말 하게 되는 것이 인지상정이라, 마뜩치는 않아도 웃으면서 받아주니 말하는 뽄새가 점입가경이다. 처음에는 상황에 따라서 감추어지거나 나타나기도 하는 성질이나 버릇에 대해서 꼬집기 시작하더니, 급기야는 얼굴은 함지박만 하고 다리는 똠방해서 보통 양말을 신어도 '반스타킹'을 신은 것 같다고 꼬집어대니, 이때쯤은 더 이상 참지 못하고 턱밑에서 야몽거리는 각시에게 큰소리가 나가게 된다.

마음 놓고 야냥대던 각시는 깜짝 놀라면서 바로 꼬리를 내리고, '너', '네' 하던 말투가 신속하게 '예', '요'로 바뀌는 것이 잔뜩 화가 나서 아들에게 큰소리를 치다가도 따르릉 하고 전화벨 소리가 울리면 순식간에 상냥한 목소리를 지어서 응대하는 것을 볼 때와 똑같다고 생각하니 그 재빠른 말 바꿈에 웃음이 난다.

별것 아닌 것을 가지고 마음을 꼬부린다고 생각할지 모르지만, 키는 유전이라고 믿고 있는 나에게 다리가 똠방하다고 조롱하는 것은 선친을 조롱하는 것처럼 생각되니 어찌 화가 나지 않겠는가? 저러다가도 나의 붉어진 얼굴이 제 색으로 돌아왔다 싶으면 언제 그랬느냐는 듯이 맞대고 나설 것은 뻔한 일일 터이고….

평생 손톱 한번 물 들이지 않고 귓불에 구멍 한 번 뚫지 않는 소박한 각시에게 잘해주지 못하는 안타까움은 늘 가슴에 안고 살아가니, 얼굴 붉힐 일도 없지마는 제발 꼭 부탁하고 싶은 것은 다리가 똠방하다는 소리만은 삼가 해 주었으면 좋겠다.

우리 경준이는 우유 하나는 차-암 지성으로 챙긴다. 하굣길에 부끄럽지도 않은지 눈에 거슬리게 큰 우유 한 통을 사서 품에 꼭 안고 집으로 들어선다. 더운 여름날에 뙤약볕에서 밭을 매고 와서 찬물로 갈증을 푸는 농부처럼 우유 한 잔을 벌컥벌컥 들이켜고, 곧바로 벽면에 등을 붙이고 키 재기에 들어간다.

"아빠! 키는 유전이 아닌가 봐요?"

"야! 이놈아, 너는 우유를 물처럼 마셔대잖아?"

그렇게 말하는 것은 내심으로는 유전이 되어 아빠처럼 키가 크지 않을 것을 고민했으나, 키가 커 가니 다행이라는 뜻이 아닌가?

작은 키로 살아오면서도 크게 느끼지 못했던 열등감을 뒤늦게 일깨워 주는 우리 아들이 밉지만, 어쨌든 유전자가 다른 길을 택했거나 본인의 지극정성인 덕인지는 모르겠지만, 두고두고 듣게 될 유전자의 책임에서 벗어나게 되어 한시름 덜게 되고 나중에 저희 각시에게서도 나 와 같은 푸대접을 받지 않을 것이니 얼마나 다행한 일인가?

점잖은 사람이라면 자신을 스스로 깎아내리지도 않지만 남도 낮게 보지 않는다. 키도 작은 것이 하는 짓도 좀스럽다고 행동을 키에 엮어서 마음을 다치게 하는 것이 아니라, 키는 작아도 야무지고 여간내기가 아니라는 말로 행여 마음속에 품고 있을 열등감을 보듬어 주고 자존심에 상처가 나지 않도록 배려해 준다.

어른들에게서 키가 곧 능력이 아니라는 덕담을 곧이곧대로 믿고 살아온 내가, 점수 높이기에 힘쓰지 않고 키 키우기에 열성인 경준이에게 '공부만 잘하면 되지 키가 무슨 상관이냐?'고 했다가는 세상 물정 모르는 아버지라고 홉뜨는 눈길만 돌아올 뿐이다.

요즘에 와서는 키가 능력으로 자리 잡아서 젊은 여자들이 남자를 선택하는 기준에 키를 앞자리에 세워서 키 작은 사람을 부끄럽게 만드는 보여주는 세상이 되었으니, 자식이 공부를 못해서 걱정하는 만큼이나 키가 크지 않는 것도 또 하나의 걱정거리가 되었다.

바짓단이 반 뼘이나 키워진 교복을 다리면서 이제는 '공부만 잘하면 되지 키가 무슨 상관이냐?'는 말 대신에 '키도 크고 몸도 컸으니 공부만 크면 되겠네!'라는 덕담으로 입버릇을 고치기로 했고, 기어코 키 키우기에 성공해서 장마에 물외 크듯 커버린 경준이에게 축하의 박수를 보내며 앞날의 건투를 빈다.

우리 학교가 최고예요

    가을 하늘은 한층 더 높아지고 들판에는 벼들이 누렇게 익어가는 어느 청명한 주말에, 우리 가족은 학교 설명회에 갔다.

    작은 면 소재지 사무소를 조금 못 미쳐서 다리를 건너 산 쪽으로 향한 길을 따라가니 숲속에 외따로 서 있는 학교가 나타났다. 학교로 들어가는 경사진 길 양쪽으로 줄지어 서 있는 은행나무는 가을 햇살에 흠뻑 취해서 그 빛깔이 선명했다.

    학교 뒤쪽으로 빙 둘러선 산들은 이 학교를 품고 있고, 넓은 학교 운동장에는 예닐곱 명의 학생들이 외롭게 축구를 하고 있다. 빨간 벽돌의 학교 건물은 번들거리지 않고 무겁게 앉아 있어서 이 학교의 나이를 짐작하게 했다.

    학교 건물 벽면에는 어느 방송국의 장학 퀴즈 대회에서 1등을 하여 학교 지원금을 받았다는 현수막이 붙어 있고, 다른 벽면의 또 하나의 현수막에는 전년도 대학 합격자 현황이 붙어 있는데, 절반은 'SKY' 대학이고 절반도 유명 대학뿐이었다. 마치 명품만 취급하는 고급 백화점에서 일반 상품은 찾아볼 수 없듯이, 명문 대학이 아니더라도 보통 사람들이 알고 있는 대학들의 이름은 하나도 없어서 수상쩍었지만 대개의 학교에서 수백 명의 학생 중에 딱 한 명이 명문 대학에 들어갔다고 현수막을 붙이지만, 나머지 학생들은 어느 대학에 들어갔다고 현수막을 붙이지는 않는 것을 생각해서, 정말 일반 대학에 들어간 학생은 없을까? 하는 의구심은 버리기로 했다.

이렇게 화려한 실적이 펼쳐져 있는 현수막을 보면서 학교 설명회에 온 많은 학부모들은 학교 설명회를 듣기도 전에 우리 아들도 이 학교에 입학시켜서 'SKY' 대학에 합격시켜야겠다는 결심을 굳히기에는, 그 현수막의 합격실적은 조금도 부족함이 없었다.

이윽고 설명회가 시작되었다. 그렇게 크지 않은 강당이었지만 수백 명이나 될 것 같은 참석자 가족들로 꽉 들어찼고, 앉을 자리가 없어서 뒤쪽에서 서서 듣는 사람들도 많았다.

설명회를 주관하시는 선생님은 말끔한 차림에 신사답게 생기셨고, 어찌나 입담이 좋으신지 우스갯소리도 잘하셔서 진행하는 중간중간에도 참석자들을 자주 웃게 하여 딱딱할 수 있는 설명회 분위기를 지루하지 않게 이끌어 가셨다.

학교 소개를 하시는 사이사이 이 학교가 다른 학교에 비해서 대단하다는 것을 강조하는 것도 잊지 않으셨고, 얼굴 표정은 여유롭고 자신감에 차 있었다. 어찌나 자랑이 넘쳐흐르시던지…. 하기야 전국 각지에서 수백 명씩 스스로 찾아오는 이런 설명회를 해마다 10회 이상 하는데도 정작 입학 정원은 일반 학교의 절반에도 못 미친다 하니 마음도 여유롭고 자랑스럽기도 할 것이다.

　돌아오는 차 안에서

　"경민아, 어떡할래? 너의 성적으로는 지원자가 많아서 합격할 수 있을지는 알 수 없지만, 합격한다 해도 산속에 있는 그 학교에서 기숙사 생활을 한다는 것도 힘들 것 같은데 그냥 집 근방의 학교에 들어가는 것이 어떨까? 혹시 입학해서 네가 잘 적응하지 못할까 걱정되어 그런다. 그렇지만 너의 판단에 맡길 테니 니가 결정해라."

　했더니 "아빠! 나 그 학교에 들어가서 공부하고 싶어요!"

　하고 조금도 망설임 없이 한마디로 결정해 버린다. 설명회를 가 보자고 했을 때만 해도 별로 관심이 없는 것 같아 그저 바람도 쐴 겸 편한 마음으로 들어나 보자는 생각으로 갔었는데, 의외로 쉽게 결정을 내리니 마음속에 어떤 변화가 있었는지 궁금했다.

　어쩐지 설명회에서 제 옆에 앉아 있던 경준이는 지루해서 엎드려 있기도 하고 몸을 이리저리 뒤틀면서 흥미를 보이지 않았지만, 경민이는 자기 일이라 그런지 귀를 쫑긋 세우고 눈을 반짝거리면서 입담 좋은 선생님의 얼굴에서 눈을 떼지 않더니만, 결국에는 그 선생님한테 바로 그 자리에서 낚여 버린 것 같았다.

　아들의 단호한 눈빛과 낯선 표정에 내가 웃으면서

"그럼 너, 집에서 떨어져서 혼자 기숙사 생활 할 자신 있어?"

하고 물었더니

"그럼요. '재훈'이는 초등학교 때부터 부모님과 떨어져서 외국에서 공부하고 왔는데요?"

오늘 밤에도 각시는 밤이 깊었는데도 계속 통화중이다. 벌써 일주일 넘었다. 한번 전화가 오면 보통 20분 넘게 통화를 해서 상대방을 설득시키려는 그 끈질긴 집요함에 그저 놀라울 뿐이다. 밤이 깊었는데도 쉬시지도 못하고 성적 좋은 학생을 자기 학교에 입학시키려는 선생님의 노고에 고개가 숙여진다. 고맙다!

전화가 오면 언제나 끊지도 못하고 '예, 예'만 하고 저쪽에서 끊을 때까지 꿍꿍거리며 벌을 서고 있는 각시에게 왜 다른 학교에 원서를 내 놓고 합격자 발표만 기다리고 있다고 말하지 않느냐고 했더니

"단순하고 속없는 파노 씨! 그 학교 떨어지면, 떨어지면 어떻게 할 건데요? 그러면 생각해서 밤늦게 전화해 주신 선생님께 그 학교 떨어지면 보낼게요. 이렇게 말할까요? 어머니께서 파노 씨보고 헛똑똑이라고 허시더니만 그 말이 똑 맞네!"

하면서 핀잔을 준다.

부자는 산속에 가도 알아보는 사람이 있고, 가난하면 시장에 가도 알아보는 사람이 없다. 산속에 앉아서 큰소리치는 학교가 있는가 하면 밤늦게 전화해서 들어오라고 사정하는 학교도 있다.

머리는 소중한 것이다

  시골의 큰길가에 있는 '광명이발소'는 언제 가도 적막하다. 숱이 많은 머리를 염색해서 나이보다 젊게 보이는 주인아저씨는 시골집의 큰 방만한 곳에 달랑 이발 의자 하나 놓고 우두커니 앉아서 손님을 기다리고 있다.

  동네 사랑방으로 손님이 북적였을 옛날의 영화는 간곳없고, 10년을 넘게 다녀 보아도 열에 아홉은 단둘이 만난다. 아저씨가 들으시면 턱도 없는 소리겠지만 아무 때나 찾아가면 들어서자마자 바로 머리를 깎을 수 있으니 나의 전용 이발사인 셈이다.

  어떻게 깎아 줄 것이냐고 묻고 자시고 할 것도 없이 싸악- 싸악- 경쾌한 가위 소리를 듣다 보면, 졸음도 오기 전에 탁하니 거울 밑의 탁자 위에 가위를 내려놓는 소리가 들린다.

어릴 적에는 나에게도 전용 이발사가 있었다. 그 관계가 내 스스로 절대 원한 일이 없는 강압적인 고용관계라 할지라도, 자청해서 나의 전용 이발사가 되신 선친께서 광명이발소 아저씨의 솜씨를 반에 반만이라도 가지고 계셨더라면, 머리를 깎을 때마다 그렇게 눈물을 쏙 빼지는 않았을 것이다.

하얀 보자기를 목에 둘러메고 딱딱한 나무 의자에 앉는 순간부터 고문은 시작되었다. 오래된 '바리깡'은 머리카락을 쥐어뜯기 일쑤이고 무뎌진 가위 날은 머리카락을 물고 늘어졌다. 땀으로 곤죽이 된 얼굴과 목 주위에 머리카락이 다닥다닥 달라붙어서 벌레가 기어 다니는 것처럼 근질거려서 몸이 뒤틀려지면 가만히 있으라고 윽박지르시니, 옴짝달싹 못 하고 참고 견디는 시간이 너무나 길고 지루해서 눈물을 한 말이나 쏟고 나서야 이발을 마칠 수 있었다.

한때는 힘든 기억이었을지라도 돌이켜 보면 아름답고 소중한 추억이 되는 것도 있다. 사람이 본대로 행하고 흉보면서 닮아가더라고, 아들들의 머리가 굵어지고 목을 반듯하게 세울 수 있을 때쯤에는 나도 모르게 이발 기구 상점 앞에서 서성이고 있었다.

선친께서 사용하셨던 이발 장비와는 비교할 수 없을 정도로 현대화된 장비로 무장하고, 근거 없는 자신감에 넘쳐서 아들의 말을 들어볼 것도 없이 아들의 목에 보자기를 둘러메서 폭신한 의자에 앉혔다. 그러나 자신감이 당혹감으로 바뀌는 데는 채 몇 분도 걸리지 않았다.

머리의 밑부분을 '바리깡'으로 대강 돌려 깎고 나서 빗질을 해 가며 가위로 머리를 다듬기 시작하는데, 손은 마음을 따라가지 못하고 이쪽을 깎으면 저쪽이 길고 저쪽을 깎으면 이쪽이 또 긴 것 같아서 도무지 어디쯤에서 가위질을 멈춰야 할지 종잡을 수가 없었다.

이때쯤이면 아들의 얼굴은 붉어지고 몸이 꿈틀대기 시작하니, 아들의 울음보가 터지기도 전에 내가 먼저 진땀이 났다. 결국 아들은 울기 시작하고, 옆에 서서 아들의 머리를 붙잡고 내 솜씨를 지켜보던 각시의 타박이 시작된다. 나는 마음이 다급해져서 서둘러서 가위질을 끝내게 되고 아들의 머리는 영락없이 우스꽝스러운 '영구' 머리가 되었다.

거울을 들여다보던 아들은 통곡으로 나머지 눈물을 더 뺐지만 나는 용기를 잃지 않고, 다음에는 이번 일을 거울삼아 멋지게 한번 깎아 볼 것이라고 마음속으로 다짐했다. 그러나 이미 단 한 번으로 들통 나버린 내 솜씨를 믿지 못하는 각시와 아들의 강력한 저항에 부딪혀서 다시는 가위를 들지 못하게 되었다.

참을성 많은 자식을 둔 선친께서는 몇 년을 두고 이발사 노릇을 하실 수 있었지만, 나는 단 한 번으로 손을 떼게 되어 고급 장비는 어느 구석에서 녹슬어 가고 두고두고 듣게 될 각시의 타박 거리만 하나 더 늘게 되었다.

3월의 둘째 주 일요일에 경민이를 만나러 학교로 간다. 출발해서 몇 군데의 마을이 지나도록 경준이의 'MP3'에서는 계속해서 한 노래만 되풀이된다. '그대는 지금 듣고 있느냐'면서 '세상이 그대를 슬프

게 해도 울지 말라고….'

눈으로는 영어책을 보며 노래를 따라 부르는데, 이제 막 변성기가 시작되었는지 높은음자리가 나올 때마다 목소리가 갈라져서 힘들어 한다.

방학 동안에 제멋대로 자라버린 더벅머리를 연신 끄덕이면서 박자를 맞추는 경준이에게.

"경준아! 신학기가 시작되고 한참이 지났는데 학교에서 머리가 길다고 하지 않더냐?"

"머리요? 이제 좀 길어도 괜찮아요. 전에 학생주임을 하시던 선생님은 다른 학교로 전근 가시고요, 새로운 선생님이 학생주임이 되셨는데 그 선생님은 심하지 않고 참 좋아요!"

"그래도 단속은 할 것 아니냐?"

"아! 전번에 전교생 조회 때 새로운 학생주임 선생님이 단정하기만 하면 조금 길어도 봐준다고 했어요? 애들이 좋아서 소리를 지르고 야단났었어요?"

하면서 만족스런 표정으로 헤- 하고 웃는다.

머리를 깎으라고 채근할 속셈으로 시작한 이야기인데 학교에서 봐준다고 했다며 헤- 웃으면서 방어막을 치는 아들에게, 머리를 깎으라는 소리는 차마 나오지 않았다.

벌써 머리도 한 인물 한다는 것을 알아채 버렸는지 예전에는 그렇게 머리를 감으라고 종주먹을 대도 들은 척 만 척하더니, 중학생이 되어서는 아침밥은 먹지 않더라도 머리는 감고 학교에 가고 학원에 갈 때 또 한 번 감아줘서 하루에 2번씩은 머리를 감아댄다.

하라고 할 때는 안 하더라도 때가 되면 저절로 하게 되니 머리도 나중에 크면 스스로 단정하게 가꿀 것은 분명한데, 어른들은 머리만 보면 깎으라고 한다. 학교에서는 선생님이 보시기에는 길지만 저희들의 기준에는 짧아서 선생님의 사랑의 매와 아이들의 반항이 만나서 서로의 얼굴을 붉힌다.

옛날 생각에 젖은 나도 아무런 근거도 없이 학생은 머리가 짧아야 한다는 고정관념에 젖어서, 머리가 길어진 학생을 보게 되면 혹시 불량학생은 아닐까 하고 함부로 넘겨짚게 된다.

언제 가더라도 떠들썩함이 없는 이 학교는 텅 빈 운동장과 고즈넉한 교정의 분위기가 마음을 차분히 가라앉힌다. 깎은 지 오래된 더벅머리로 무채색의 평상복을 입고 두세 명씩 교정을 오가는 대학생 같은 학생들이, 차에서 내리는 나를 보고 고개를 숙여 목례를 한다.

이런 학생들을 보면 더벅머리와 아무렇게나 입은 옷차림에도 한 번도 단정하지 못하다거나 불량 학생처럼 느껴보지 못했다.

'선입견이다.'

"야! 형이다!"

주차장 쪽으로 나 있는 언덕 위의 계단에서 더벅머리 경민이가 웃으면서 내려온다.

손이 따뜻한 사람도 그리움은 있다

입춘이 지났으니 절기상으로는 이미 봄이라고는 하지만, 아직도 찬바람이 볼을 스치면 싸르르한 기운이 감돌고 목이 움츠러드는 저녁나절에 경민이는 기숙사에 들어갔다. 깊은 산중의 절간에 아들을 맡기고 돌아가는 허허로운 마음이라 돌아서는 발걸음은 쉬이 떨어지지 않고, 아들의 두 손을 꼭 잡은 각시는 위로의 말을 더 하느라 이별을 늦추었다.

품 안에서 빠져나간 새끼를 걱정하면서 밤새 몸을 뒤척이는 각시와 베개를 몇 번이나 돌아 고여도 잠이 오지 않는 나에게, 이 밤은 길다.

간밤에 흩뿌리던 비가 아침에는 눈이 되어 내린다. 춘설이다.
이른 아침에 눈을 맞으며 학교로 가는 학생들 속에 경민이는 없다. 이렇게 일찍 품 안을 떠나버릴 것을, 품 안에 있을 때 꼬옥 껴안아 주지 못하고 풋풋하고 자유로워야 할 소년기를 내가 거머쥐고 마냥 당겨만 댄 것 같아 아들에게 미안하다.

하지만 시간을 되돌려서 다시 그 시기가 온다 해도, 당기던 끈을 놓고 너도 편하고 나도 편한 화기애애한 분위기는 장담하지 못하겠다.

그것은 나의 성격 탓도 있겠지만, 왼손으로 동그라미를 그리면서 오른손으로 네모를 그리기는 어렵기 때문이다.

그리움과 기다림도 그나마 삶의 끈이다. 눈처럼 하얀 밤꽃향이 진동하고 온 산야가 푸름으로 가득한 유월 어느 날, 아들을 만나러 가는 길은 우울해 하던 각시의 얼굴도 생기가 넘치고 해당화 꽃처럼 활짝 피었다. 일주일이 멀다하고 펜팔로 연애하듯 편지를 써대고 하루가 멀다 하고 매일 밤 자정 넘어 전화를 해 대던 모자의 수다스런 만남은, '손은 따뜻하면서도 성격은 냉한' 내가 보기에는 쑥스럽고 더보탤 말이 없었다.

수척해진 아들의 얼굴을 바라보며 어깨를 감싸 안고, 몇 년 만에 만난 듯이 안부를 묻고 또 물으니 위로받는 아들이 부럽다. 고개 한번 끄덕여서 안부를 다하는 아들을 바라보며, 나무 그늘 밑에 우두커니 서서 햇볕이 내리쬐는 빈 운동장을 하릴없이 바라보는 내 마음이 허전하다.

나도 한때는 아버지에게는 최고의 자식이었고 무슨 일에서나 최우선 이었던 시절이 있었으니 그때가 그립지만, 지금 나를 위로해 줄

내 아버지는 없다. 나이 든 남자에게 아버지의 존재는 고전이며 살아 있는 교과서다.

자식들을 거느리고 앞으로 나아가자면 수많은 난관에 부딪치기 마련이지만 그때마다 언젠가 읽어 보았을 듯한, 그럴듯한 처방 문구가 생각나는 것이 아니라 이럴 때 아버지께서는 어떻게 하셨을까? 하고 뒤돌아보게 되니 아버지는 고전이며, 지금은 이 세상에 안 계시지만 항상 내 마음속에 살아계시어 나의 삶에 지침이 되니 아버지는 살아 있는 교과서다.

삶이 편안하고 순풍에 돛단배처럼 앞으로 나아갈 때는 잊어버리고 있다가, 풍랑을 만나고 암초에 부딪쳐서 갈팡질팡하게 될 때는 어떻게 해야 되느냐고 묻게 되니, 나는 살아생전에도 불효자요, 지금도 불효자다.

평생을 자신의 즐거움은 뒤로 물리시고 일생을 다한 희생에도 불구하고 변변치 못하고 자랑거리 없는 자식이 되었지만, 타박으로 자식을 초라하게 만드시지는 않으셨던 그 넓은 품 안이 그리워서 가슴이 먹먹해 질 때면, 언제나 말이 없으셨던 아버지에게 오늘은 기분이 좀 어떠시냐고 한 번도 묻지 못한 지난 세월이 한으로 남고 꿈결 같아서 저만치 석양을 등진 채 자전거를 타고 집으로 돌아가는 노인의 뒷모습은, 나에게는 아련한 슬픔이다.

경준이는 군자다

'군자는 중용이고 소인은 중용에 반한다.'

'중용'에 나와 있는 글이다. '중용'이란 양극단의 중간에 위치하는 것으로, 일의 양단을 잡은 다음 그 중이 되는 길을 활용하는 것'이라고 나와 있다.

이제 고등학교 1학년이 된 우리 경준이는 공부에 대한 태연한 자세와 행실만은 벌써 군자가 되어, '중용'의 도를 실천하고 있다. 반면에 공부에 대해서 태연하지 못하고 안달복달하는 경민이와 노심초사하는 나는 소인이다.

진달래꽃도 지고 철쭉꽃도 지고 나면 아파트 울타리의 넝쿨장미가 일제히 피어난다. 울타리 옆의 인도를 따라 걷다 보면 "나 좀 보시오! 나 여기 피어 있소!" 하면서 붉은 얼굴을 내밀고 바람결에 고개를 흔들어대면, 서서히 여름으로 들어선다.

벌써 하복으로 갈아입은 경준이는 쪽 곧은 늘씬한 몸매와 오뚝한 콧날을 앞세우고 현관문 앞에 서서,

"학교에 다녀오겠습니다!"

하고 인사를 드리며 집을 나선다. 얼마 전에 중간고사가 시작되는 날은 비가 많이 내렸다. 학교까지는 걸어서 20여 분 거리여서 보통은 걸어서 등하교하는데 오늘은 시험 첫날이고 비가 많이 오니 학교에 태워다 달라는 것이다. 그러마, 하고 대답하긴 했지만 나보다 훨씬 더 커버린 다 큰아들을 초등학생처럼 학교까지 태워다 주는 잠깐 동안의 시간이 예전 같지 않아 왠지 나는 어색했다.

다음날도 등교 시간이 되니 가방을 메고 현관에 서서,

"아버지, 가시지요?"

하면서 넉살 좋게 앞장을 선다.

이틀간의 시험을 치른 후에 학교에 가지 않는 토요일이 되었다. 낮 동안에는 시험공부를 좀 했는지 모르겠으나, 초저녁이 조금 지났을 뿐인데 종갓집 며느리가 대사를 치르고 지친 몸으로 누워 자듯이 대자로 자고 있다. 참, 대담하고 태연자약한 놈이다. 나는 그럴 수 있는 니가 부럽다.

한 달에 한두 번 일요일에 경민이네 학교에 다녀오는 날은 매번 집에 도착하기 전에 입은 무겁게 하고 얼굴은 편안하게 펴서 경준이를 대 하려고 마음속으로 다짐하고 집으로 들어선다. 짐작대로 외출했

거나 초인종을 눌러대도 잠을 자는지 문을 열어주지 않는다.

방금 전에 성적이 안 올라서 애달아 하는 경민이의 하소연 소리가 귀에 쟁쟁하고, 일요일이라도 쥐 죽은 듯이 책상에 엎드려 공부하고 있는 학생들을 보고 온 뒤라서, 이 극명하게 대비되는 상황이 마치 딴 세상에 사는 것 같은 경준이가 미웁고, 나도 낙담이 된다.

경민이를 만나면 은근히 희망이 피어오르지만 경준이를 대하면 긴 장마가 끝나기를 기다리는 농부의 심정이 된다. 나 같은 소인배의 생각으로는 지애비가 저희 형을 만나고 돌아오는 시간은 거의 일정한 것을 저도 알고 있을 것이므로, 그전에는 무엇을 했든 그 시간에 맞추어 책상에 앉아서 책을 뒤적이고 있는 시늉이라도 하고 있으면 지애비의 어두운 얼굴을 보지 않을 수 있을 것 같은 데도, 그런 꾀도 내지 않고 회사원처럼 일주일 동안 고생했으니 일요일에는 쉬어야 한다고 당당하게 말하고, 공부를 하지 않으면서 눈치를 보며 공부하는 체하는 거짓 행동은 절대로 할 수 없다는 듯이 지애비의 눈치를 보는 가짜 공부는 하지 않는다.

공부를 아주 잘하지도 못하고 아주 못하지도 않으며, 넘치지도 않고 모자라지도 않게, 지 말마따나 적당하게 공부하는 우리 경준이는 군자다.

스승의 날이었다. 경준이는 중학교 다닐 때 성심으로 지도해 주셨던 교무님께 인사를 드리러 간다고 조그만 선물을 들고 집을 나섰다.

두어 시간이나 지났을까, 교무님께서 계시지 않아 만나 뵙지 못했고, 다음 주에나 가서 뵙겠다며 집으로 돌아왔다.

선물 상자를 책상에 놓고 책을 두어 권 가방에 챙겨서 어깨에 메고, 한 손으로 농구공을 받쳐 들고 도서관으로 갔다. 도서관에 가서 공부를 하는지 농구를 하는지는 알 수 없지만 참, 사무가 바쁜 놈이다.

방 청소를 한다고 청소기를 들고 경준이 방에 들어간 각시는 잠시 동안 아무 소리도 내지 않더니만 "우리 작은 아들, 편지 잘 썼네!" 하면서 감동한 얼굴로 조그마한 사각봉투와 편지를 들고서 거실로 나왔다.

"파노 씨! 경준이한테 수학, 영어 노래 좀 그만 부르세요. 이 편지 좀 보세요!"

교무님께

교무님 안녕하세요! 저 경준이에요.
중학교를 졸업한 후에는 일주일에 한 번씩 전화 드린다고 호언장담을 했건만, 몸이 따라주질 않으니 죄송합니다.
벌써 졸업을 한 지 많은 시간이 지났습니다.

매주 토요일 교당에도 잘 가지는 못 하고 가끔 빠지기도 했지만, 아직까지 '일원장서원문'과 교무님이 저에게 주신 생각과 몸가짐만큼은 제 머리와 몸에 남아 있나 봅니다.

차분히 있어라, 몸가짐을 바르게 해라, 남에게 휩쓸리지 마라, 이런 말들이 그 당시에는 듣기도 싫고 항상 들었기 때문에 흘려들었지만, 그때그때 순간순간 다시 한 번 생각하고 행동하는 것이 큰 가르침이라고 생각합니다.

저에게는 수학, 영어를 배운 것보다도 평생 몸에 남아 있을 좋은 습관이 된 것이니까요.

고등학교에서는 조금은 웃기지만 진지한 에피소드가 있었습니다.

어떤 선생님이 죽비를 가지고 죽도라고 부르며 아이들을 때립니다.

하지만 그때 저는 선생님께 그것은 죽비라고 하고 때릴 때 사용하는 게 아니라고 말씀드렸더니, 그다음 주에 선생님은 매를 바꾸었습니다.

더 딱딱하고 아픈 매로 바뀌었지만 왠지 모를 뿌듯함이 생겼지요.

살면서 항상 즐거운 일이 있는 것도 아니고 슬픈 일만 있는 것도 아니지만, 항상 교무님이 생각날 때마다 마음공부 하고, 한 번 더 생각하고 말하고 행동하는, 그런 사람이 되려고 노력합니다.

교무님 감사합니다!

2○○○년 5월 15일
경준 올림

이 편지에서의 교무님은 중학교 때 경준이를 올바르고 정직하게 자라도록 애써 주신 '정심' 교무님이시다. 그동안 아들의 말을 들어 보면 학교 행사 때나 어떤 일로 학생 회원들이 스쿨버스를 놓치는 날에는, 그때마다 지도하는 학생들을 집에까지 태워다 주기도 하시고 때로는 맛있는 음식도 사 먹이면서, 학생들이 바르게 자라도록 헌신하시는 모습이 눈에 선했으나 정작 만나 뵙지는 못했다.

우리 경준이는 복도 많아서 중학교에 들어가자마자 '정심' 교무님과 인연을 맺게 되었다. 경준이는 비위도 좋고 성격이 탁 트여서 지 애비는 성적에 대한 이야기에는 귀를 쫑긋 세우지만 그 밖의 이야기에는 듣는 둥 마는 둥 한다는 것을 알면서도 들어도 손해는 없으니 들어보시라는 듯이 학교에서 생긴 잡다한 일들을 묻지 않아도 늘어놓기를 좋아한다.

중학교에 다니는 동안 내내 '정심 교무님, 정심교무님.' 하며 '정심' 교무님을 입에 달고 살아서 이제는 집 전화번호도 깜박할 정도로 지능이 떨어진 내 머릿속에도, 교무님의 이름만은 새겨지게 되었다.

중학교 3학년이 되었을 때의 일이다. 어느 날 하교 시간보다 훨씬 늦게 집에 돌아온 경준이는 "아버지, 영화동에 있는 '그랑무스'에 한 번 가 보세요. 교무님께서 사 주셔서 회원들과 함께 갔는데요, 분위기도 좋고 음식 맛도 좋아요. 엄마와 함께 가 보면 좋을 텐데요?" 하며 외식을 싫어하는 애비에게 외식을 권하고 하하하 웃으면서 신나 했다. 나는 그런 아들의 얼굴을 물끄러미 바라보았다. 고등학교 입학이 코앞에 닥쳤는데 성적 이야기는 일언반구도 없이 교무님, 교무님, 하는 태평스런 아들이 걱정되었지만 각시가 공부 얘기는 하지 말라는 듯이 눈 짓을 계속해 와서 "그래, 너는 좋겠다! 훌륭하신 교무님을 만나서…." 하며 웃고 넘어갔다.

이처럼 아들을 각별하게 보살펴 주시던 '정심' 교무님을 처음 만나 뵙게 된 것은 새 사람을 몹시 두려워하고 마음을 숨겨두고 표현하지 못하는 옹졸한 성격 탓에 그 많은 시간이 지나간 뒤, 경준이의 졸업식 날 이었다.

졸업식을 막 끝내고 강당을 나오시는 교무님의 얼굴은 하얗게 빛나고, 빠른 걸음걸이가 경쾌하고 활기차 보이셨다.

"처음 뵙겠습니다. 경준이 아버지입니다. 천방지축인 아들을 거두시느라 고생이 많으셨습니다!"

하고 고개를 깊이 숙여 진심을 담아 인사했다.

교무님께서는 밝고 환한 웃음으로 받으시면서

"아! 그러세요, 경준이 가르치느라 고생이 많으셨죠? 제가 오늘은 좀 바빠서 이다음에 교당으로 한번 오세요!"

하시며 바쁜 걸음으로 긴 검정 치맛자락을 펄럭이며 총총히 교무실 쪽으로 걸어가셨다. 뒷모습을 바라보며 참 투명하고 지적인 얼굴을 지니셨구나 하는 느낌이 들었고, 좋은 분을 만나서 3년 내내 지도받은 아들이 부러웠고, 또한 무언가 좀 더 감사하다는 말씀을 드리지 못한 것 같아 아쉬움이 길게 남았다.

어떤 일이든지 어려움을 당해 보아야 미리 준비하지 못한 것을 후회하듯이, 제 딴에는 공부를 열심히 한다고 했지만 항상 부족함으로지 머리를 쥐어뜯는 경민이는 학교에 갈 때마다

"아버지! 경준이는 요즈음 어떻게 공부하고 있어요?"

"어떻게 공부하긴, 적당히 하고 있지!"

"적당이요? 아버지가 좀 다그치세요. 전번에 집에 갔을 때 보니까 긴장감이 많이 떨어진 것 같던데요? 수학 좀 열심히 하라고 다그치세요!"

경민이의 말에 웃음이 났다. 예전에 지애비로부터 다그침을 받고 눈물짓던 시간은 까맣게 잊고, 사돈이 남 말 하듯 지 동생을 다그쳐

야 된다고 단호하게 말하는 경민이에게 '나한테 다그침을 받았을 때 네 기분은 어떻더냐?' 하고 묻고도 싶었지만, 다 지나간 일이다. 사람은 왜 모든 일이 지난 뒤에야 절실함을 느끼게 되는지….

문득 마음공부 하고, 한 번 더 생각하고, 행동하는 사람이 되려고 노력한다는 교무님께 쓴 경준이의 편지가 생각났다. 스승의 날이 되어도 스승님께 감사 편지 한 줄 쓰지 않고 안부 전화 한번 하지 않는, 공부만 입에 달고 사는 경민이와 나는 소인이고, 밤새 편지를 써서 교무님을 찾아뵙는 경준이는 군자다.
곰곰이 가슴으로 생각해 보니, 정작 교무님께 마음공부를 배워야 할 사람은 경민이와 내가 아닐까? 하는 생각이 들었다.

경민이는 항상 배가 고프다

봄은 봄인데 겨울의 시샘인지 봄날 같지가 않다. 봄인 줄 알고 살짝 꽃잎을 내밀던 개나리도 꽃눈을 뜨지 않고, 하얀 목련도 꽃봉오리를 열지 못하고 입을 다물고 있다. 조금 더 바람결이 부드러워지면 꽃잎을 피우려고 기다리고 있다.

학교 운동장 가의 언덕 아래에 차를 세우고 차 안에 우리 셋이 앉아 있다.

"엄마, 성적표 받아 보았어요?"

"오! 그래. 어쩌면 그렇게 성적이 잘 나왔냐? 우리 아들 참 대단해, 전 과목이 다 일등급이데. 참, 고생이 많았다!"

경민이는 우쭐해 하는 기색도 없이 씨-익 웃더니만

"우리 학교에서는 조금 열심히 하는 애들은 거의 일등급이에요."

하면서 수학 한두 문제만 더 맞았으면 좋았을 텐데 시간이 모자라서 허둥거렸다면서, 이제는 문제를 빨리 푸는 연습을 해서 실수를 줄여야겠다고 다짐한 눈빛이 수학이 옆에 있다면 붙잡고 따질 듯한 표정이었다. 오! 수학, 수학! 그놈이 항상 문제이다!

2학년 여름방학이 끝날 무렵의 어느 날 밤이었다.

경민이에게서 전화가 왔다. 위에서 신물이 올라오고 밥을 먹으면 토해서 공부를 할 수가 없다면서, 선생님께서 병원에 가보라고 하니 어쩌면 좋겠냐며 울상을 지었다.

중한 병이 아닌가 하고 지레 겁을 먹고 걱정을 땅 꺼지듯이 하는 각시에게 "아마 수학 때문에 그럴 거야. 전화 올 때마다 수학, 수학했다며, 수학 점수를 쉽게 올리지 못하니까 고민해서 그럴 거야?" 하고 위로했지만 내심으로는 걱정이 많이 되었다.

아침 일찍 서둘러서 평소보다 급한 운전으로 여러 대의 차를 뒤로 하고 학교에 도착했다. 정문 입구의 팽나무 옆에 삐죽이 서 있는 경민 이를 보니, 얼굴빛은 핼쑥하고 얼굴은 조막만 해져서 너무 안쓰러웠다. 학교 부근에는 큰 병원이 없어서 곧장 집으로 돌아와서 병원으로 달려갔다.

몇 가지의 검사와 위내시경 검진을 마친 의사 선생님은 신중한 얼굴로 위산이 거꾸로 올라오는 증상으로 어쩌면 평생 약을 먹을 수 있다면서 우선 보름치의 약을 먹어 보고 보름 후에 다시 오라고 했다.

경민이가 평소 말하는 것으로 봐서 과도한 공부 욕심 때문에 스트

레스를 받아서 그럴 것이라고 생각하고 있었는데, 평생 약을 먹을 수 있다는 의사 선생님의 말씀에 가슴이 털컥 내려앉았다.

다음날 학교로 데리고 가는 차 속에서 각시는 경민이의 손을 잡고 공부는 적당히 하고 약을 꼬박꼬박 잘 챙겨 먹고, 몸조심하라고 신신당부하였다. 돌아오는 차 속에서 각시의 근심은 깊어가고 나 또한 평생 약을 먹을 수 있다는 의사 선생님의 말씀이 내내 머릿속을 떠나지 않았다.

그로부터 보름쯤 지나서 금요일 밤 12시가 넘어서 전화가 왔다. 각시는 전화를 받자마자 "백점? 와 드디어 해냈구나. 우리 아들 최고야!" 하면서 자정이 넘은 것도 잊어버리고 큰 소리로 웃으면서 어쩔 줄을 몰라 했다.

이틀 후 일요일이 되어 경민이네 학교에 갔다. 체육관 앞 잔디밭에서 경민이를 만났는데 이 학교에 들어온 뒤로 그렇게 밝은 얼굴은 처음 보았다. 환한 얼굴빛에 눈동자를 반짝이면서 무용담을 이야기하듯, 어떻게 공부해서 수학을 백점을 맞았는지를 기세등등한 표정으로 설명하며 신나하는 모습에, 아픈 것은 좀 어떠냐고 물어볼 틈도 없었다.

성취감에 들떠서 말을 멈추지 않는 아들을, 각시는 턱밑에서 연신 고개를 끄덕이며 흐뭇한 얼굴로 바라보며

"오 그래! 그래서?"

하며 연신 박자를 맞추어 주니 이야기는 끝이 없었다.

이윽고 내가

"몸은 좀 어떠냐? 약은 잘 먹고 있냐?"

하고 물으니

"약이요? 안 먹은 지 며칠 되었어요. 이제 괜찮아요. 밥도 잘 먹고 오늘 병원에 가지 않아도 되겠어요."

하고는 또다시 저희 엄마와 눈을 맞추고 이야기를 이어 갔다.

이제는 연로해지신 어머니께서는, 책 좋아하는 아이가 도서관 다니듯이 병원에 다니신다. 병원에 가실 때마다 어머니께서는 검진을 시작한 지 채 몇 분도 되지 않아 진찰을 마치는 의사 선생님에게 한마디라도 더 들어 보려고 자꾸 질문을 하신다. 의사 선생님이 마지못한 듯이 "할머니! 걱정 마세요. 금방 좋아지실 겁니다!"

라고 하면 그제야 흡족한 얼굴로 고개를 몇 번이나 수그려서 고마움을 표시한다.

의사 선생님의 말씀이라면 아까까지 쑤시던 다리도 다 나은 듯이 여기시고, 집에 돌아와서는 의자에 앉아서 다리를 흔들어 주라는 의사 선생님의 말씀을 잊지 않고 꼭 실행하신다. 손자의 병세를 들어 보신 어머니께서는

"의사 선상님이 그렇게 말씀허셨다면 예삿일이 아니구나. 병이 더 크기 전에 꼭 데려와서 큰 병원에 가봐야 한다!"

고 말씀 하셨는데….

천만다행인 것은, 경준 이를 검진했던 의사 선생님의 진단이 확실하지 않은 것 같아서 큰 근심거리는 내려놓을 수 있을 것 같으니 얼마나 다행인가. 의사 선생님의 말 한마디는 받아들이는 입장에서는 엄중하고 큰 심적 영향을 미치기 때문에 신중하고 사려 깊은 배려가 꼭 필요할 것 같았다. 보름 후에 다시 와서 진찰을 받으라는 의사 선생님과의 약속을 지키지 못하게 되어 미안하게 되었지만, 마음 같아서는 찾아뵙고 "의사 선생님! 위내시경까지 받도록 괴롭힌 놈은 수학, 수학, 그놈이었습니다!" 하고 말씀드리고 싶었다.

어떤 자식이든지 자식은 부모에게 권력자이지만, 열심히 노력하고 공부 좀 한다는 자식은 부모에게 더 큰 권력자이다. 나에게는 권력자가 많다. 경민이, 경준이, 우리 각시, 선생님, 의사 선생님…. 이 권력자님 들께서 나의 뒷덜미를 잡았다 놓았다 하는 동안에 무심한 세월은 간다.

등을 돌리고 풀밭에 앉아 먼 산을 바라보며 두 모자의 끊임없는 대화소리를 귓등으로 들으며 '너는 좋겠다! 수학도 이겨 먹고…, 나는 각시도 못 이기고, 나 또한 이길 수 없는데….'

그 뒤로도 한동안은 수학 한두 문제가 경민이의 옷자락을 붙잡고 놓지 않고 있는 것 같으니 수학, 그놈도 참 끈질긴 놈이다. 그러나 오랜 시간 동안 수학에 잡혀 있던 덜미를 뿌리친 것 같아 보였고, 이제는 영어를 좀 더 공부해서 점수를 올려야겠다고 하니 '영어, 이번엔 네가 큰일 났다! 설마 수학보다 끈질기진 않겠지?'

우리 각시는 창하는 사람 옆에 앉아 장단 맞추는 고수다. 무슨 그리 할 말이 많은지 내가 말할 때면 중간에서 딱, 딱, 잘도 잘라먹으면서 아들 말에는 때에 맞추어 척, 척, 추임새를 넣어 주니, 쿵 짝이 잘 맞아서 대화는 물 흐르듯 흐른다.

음치고 박치인 나는 비닐봉지와 작은 칼을 찾아들고 슬그머니 차 밖으로 나왔다. 한결 따뜻해진 봄볕을 받으며, 학교 운동장 가의 개나리 언덕에서 이제 막 나온 해쑥을 캐고 있다. 우리 경민이는 참, 공부에 배가 고프다.

편지를 쓰세요

편지, 편지는 서로의 그리움을 이어 주는 구름다리다. 우정도 사랑도 그리움이고⋯ 언젠가는 마을 어귀로 배부른 가방을 어깨에 멘 채, 자전거를 타고 들어오는 우체부 아저씨를 손꼽아 기다리던 때도 있었다.

밤새워 쓴 편지를 부치지 못하는 것은, 아침에 일어나서 읽어 보면 어젯밤에 너무 감상에 젖어서 나도 모르게 내 마음을 너무 깊게 보여주고, 받은 정보다 조금 넘치는 표현에 부끄러워져서 보내지 못한 편지도 많았다.

이제는 편지를 쓰는 것이 새삼스럽고 생소한 일처럼 되었다. 옛날의 향수에 젖어서 편지를 써 볼까 할 때도 있으나, 나는 컴맹이고 문자는 눈이 어둡고 손가락이 무뎌져서 보내지 못한다고 광고하는 것 같아서 망설여진다.

이미 파장이 되어버린 편지 쓰기에 뒤늦게 뛰어든 각시는 아들에게 일주일에 두 번씩 마구 편지를 써댄다. 불난 곳에 기름을 붓게 된 것은 아들에게서 학부모 중에서 가장 많이 편지를 보낸다고 급우들이 부러워한다는 소리를 듣고부터는 책상 밑은 구겨진 종이로 어질러져만 간다.

밋밋하고 굴곡 없는 얼굴로 일생을 버텨 온 우리 각시는 처녀 시절에 연애편지 한 번 받아 본 일이 없을 것이고, 받아본 일이 없으니 쓴 일도 없을 것이다. 그러했을 우리 각시가 이때다 싶었는지 젊을 적에 못 써 본 편지에 한풀이라도 하듯이 오늘 밤에도 아들에게 편지를 쓴다.

책상 밑에 구겨져서 어질러진 종이를 보고,

"무슨 작문 연습하는 것도 아니고, 그렇게 써 보내고도 뭔 할 말이 남았다고 또 편지를 쓰나? 원, 버리는 종잇값도 숱하게 나오겠구만?"

내가 옆에 온 줄도 모르고 문장을 만드느라 왼팔을 세워서 손으로 이마를 받치고, 머리를 쥐어짜고 있던 각시가 고개를 들었다.

"그래서 파노 씨는 아들한테 편지 한 장 안 써요? 종잇값이 아까워서? 총각 시절 아가씨들한테는 잘도 써댔을 것이고만… ."

"내가 아가씨들한테 언제 편지를 써? 봤어? 봤냐고?"

"하기사, 그 얼굴에 그 뜀방한 다리로 아가씨들이나 따랐겠어요?"

하면서 또다시 팔을 세워 손으로 이마를 받친다.

상관하지 말 것을 괜히 상관해서 엉뚱한 핀잔이나 듣고 방을 나가려는데 등 뒤에 대고 한마디 더 한다.

"파노씨도 그러는 게 아니에요. 집에 있을 때는 그렇게 공부하라
고 다그치더니만, 이제는 눈에 안 보인다고 아들에게 무심하게 대
하면 아들이 나중에는 서운하다고 해요. 사람이 무슨 표적이라도
내야지….."

며칠이 지나서 편지를 썼다. 각시가 짐작한 대로 신체적 악조건과
성격상의 결함으로, 아가씨들에게 편지 한 번 변변히 써 보지 못한
것은 사실이다. 하지만 학교를 졸업하고 뿔뿔이 흩어진 친구들과 간
간히 편지를 해 본 경험을 되살려서 아주 오랜만에 편지를 썼다.

무슨 표적이라도 남겨야 한다는 마음으로…. 말하지 않아도 알아
주었으면 좋겠는데, 표현하지 않으면 알 수 없다고 하니까…..

경민아, 보아라

언제까지라도 추위를 붙잡고 놔주지 않을 것 같던 긴 겨
울도, 어느새 다 지나가고 이제는 봄기운이 완연하구나.
해가 지는 저녁에 교회가 보이는 베란다의 창가에서 경
민이 너를 생각한다.
작년 이맘때 경칩을 하루 앞두고 너를 산속의 기숙사에

떨쳐 놓고 돌아서야 했던 게 기억이 난다. 안타까운 마음으로 물에 젖은 신발을 신은 것처럼 발길이 무거웠다. 집에 돌아와서도 너에 대한 걱정으로 몸을 뒤척이며 잠을 못 이루는 너희 엄마를 걱정하지 말라고 위로하던 때가 엊그제 같은데, 네가 벌써 2학년이 되었구나.

내가 항상 말했던 것처럼 몸은 귀하게 여기고 있느냐?

내가 항상 말했던 것처럼 좌고우면하지 않고 너만의 공부를 하고 있느냐?

지금 돌이켜 보면 가만히 두어도 스스로 공부를 열심히 해내었던 너에게, 조바심을 내고 욕심을 부려서 너를 불편하게 했던 것이 너무 미안하구나.

이제는 네가 명문대에 들어가지 못하더라도 결코 실망하지 않을 것이다.

저마다 열심히 했다고 자부하는 많은 지원자 중에 네가 합격한 것으로도 무척 대견스러웠고, 나에게는 어느 것과도 비교할 수 없는 기쁨이었으니 그것만으로도, 네가 아버지에게 큰 선물을 준 것이다.

그러니 성적이 오르지 않는다고 산속에 혼자 앉아서 눈물짓지 말고, 급우들과 성적을 비교하면서 너 자신을 자책하는 것은, 닻이 풀린 뱃전에 서 있는 것처럼 위태롭게 보여서 내 마음이 아프다.

분명한 것은 어려운 시간도 반드시 지나가는 것이며, 찌는 듯한 여름과 혹독한 긴 겨울을 견디어 낸 나무만이 바로 설 수 있는 것처럼 시련을 동반하지 않는 꿈은, 그저 몽상일 뿐이다.

지금의 어려운 시간을 괴로움으로 받지 말고 네가 한 단계 성장해 가는 귀한 시간으로 받아들여라.

앞날은 불안하고 현실은 힘들더라도 마음을 잘 추스르고 밝은 인내로 극복해 나간다면, 필경 너의 목표를 달성할 수 있을 것이다.

그러니 하루 종일 머리를 싸매고 책상 앞에 앉아만 있지 말고, 잠깐 밖으로 나가 긴 겨울을 견디고 이제 막 기지개를 켜는 산과 들을 바라보며 마음의 여유를 가져라.

경준이도 열심히 공부 중이니 걱정하지 말고, 산자락에 있는 너희 기숙사는 아직도 아침저녁으로는 추울 것이니 겨울옷은 벗지 말고 감기에 걸리지 않도록 항상 조심해야 한다.

다음 달에 너를 보러 가마.

2○○○년 4월 ○○일

아버지가

경준이는 효자다

　'명심보감'의 효행 편에 보면 '효도하고 순종하는 사람은 효도하고 순종하는 아들을 낳고 불효하는 사람은 불효자를 낳는다.'고 쓰여 있다.

　언사도 부드럽지 못하고 고집이 센 나는 선친께서 부르시면 예, 하고 즉시 달려가지도 못했고 멀리 나가 놀 때에도 그 방향을 알리지도 못했다.

　후회하는 심정으로 살아계신 어머님께는 효도해야겠다고 늘 다짐을 하지만 생각만으로는 성격을 이길 수 없어서, 여전히 불효자로 살아가고 있다. 그럼에도 불구하고 우리 '경준이는 효자다.'

　벌써 무성해진 아파트 울타리 뒤의 벚나무 가지는, 바람에 몸을 싣고 가지를 부챗살처럼 활짝 펴서 너울너울 춤을 춘다. 3층의 뒤 베란다 에 앉아서 바라보면, 좁은 길 건너에 빨간 벽돌로 지은 2층 건물의 샘터 교회가 있다.

경준이는 초등학교 3학년 때부터 이 근방의 학교에 다니기 시작했다. 그때는 교회의 목사님인 듯한 분이 이른 아침이나 저녁때쯤, 작은 운동장의 반만큼이나 되는 넓은 교회 마당을 이리저리 다니시면서 청소도 하시고, 교회 입구에 걸어 놓은 현수막을 갈아 끼우시는 모습을 흔히 볼 수 있었다.

그렇게 교회의 정경을 한 눈으로 바로 볼 수 있었는데, 그때쯤에는 키는 작고 가지는 나약했던 울타리를 따라 쭉 늘어선 나무들은 어느 덧 자라나서 무성한 나뭇잎은 앞을 가리고 하늘을 향해 마음껏 자란 나뭇가지들이 교회 건물의 처마 끝에 닿아 있다.

새벽 5시만 되면 교회 마당에 자고 있는 자동차를 깨워서 어디론가 달려가 새벽 기도를 드리려는 노부부를 모시고 오는 교회 처녀도, 이 제는 가지 사이를 요리조리 쫓아가야 희뜩한 얼굴을 얼핏 얼핏 볼 수 있게 되었다.

벌써 고등학교 1학년이 된 경준이는 키는 장마에 물외 크듯 커지고, 신고 다니는 운동화는 박물관의 쇠 신발처럼 길어졌다. 한밤중이라도 책상 앞에 앉아 공부하고 있는 아들을 "경준아!" 하고 부르면두 번 부르지 않도록 "예!" 하고 냉큼 거실로 나와서 바르게 앉아 두 손을 무릎 위에 가지런히 놓고 저희 애비 말을 기다린다.

전날 밤에 크게 꾸지람을 듣고 약간 붉어진 얼굴로 들어갔더라도 다음날 아침이면 태연한 얼굴로

"안녕히 주무셨어요?"

하고 아침 인사를 드린다.

이런 정도의 효자 노릇은 어지간한 법도를 가진 집안이라면 늘 있는 일일 것이고, 돈 한 푼 안 들이는 비위 좋은 언사와 곰살맞은 행동은 타고나면 못할 것도 없다. 내가 경준이를 효자라고 생각하는 이유는 따로 있다.

경민이가 기숙사에 들어간 지 두어 달이 지났을까? 학교에서 자동차로 1시간쯤 걸리는 도시로 책을 사러 갔다. 큰 건물의 3층에 있는 대형 서점으로 앞장서서 들어가던 경민이가 입구에 놓여 있는 장바구니를 하나 집어 들었다.

아무것도 모르는 나는 마트에서나 쓰는 장바구니가 왜 책방에 있는지 의아하게 생각되었다. 아들은 왼손 팔뚝에 장바구니를 걸고 천천히 걸으면서 오른손으로 책장에 끼워 있는 책을 빼어 한두 권씩 턱턱 바구니에 떨어뜨렸다. 나는 그 모습이 마치 마트에서 라면이나 과자를 아무 부담 없이 주워담는 사람처럼 보였다.

이제나 끝날까, 저제나 끝날까? 마음 졸이며 경민이의 뒤를 졸졸 따라가던 각시와 나는 한 자리에 멈춰 서서 눈을 크게 뜨고 입을 벌린채 서로의 심정을 주고받았다. 한바구니 가득한 책을 각시와 내가 나눠 들고 주차장까지 내려오면서 공부 좀 열심히 한다는 자식을 두면 화폐 깨나 들어간다는, 어디선가 들었던 말이 귓가에 맴돌았다.

자식을 잘 가르쳐 보려는 욕심을 가진 부모라면 자식의 역량을 헤아려 볼 것도 없이, 열심히 하면 못할 것도 없다며 끊임없이 자식을 들볶게 되고, 받아 오는 성적표에 따라 희망과 낙담으로 그네를 탄다.

경민이가 기숙사에 들어가니 처음에는 측은하고 허전한 생각이 들었지만, 차츰 날이 갈수록 몸이 떨어지면 마음도 소원해지듯이 힘들게 타던 그네에서 내려온 것처럼 마음이 편안해졌다. 그러나 한 가지의 근심이 덜어지면 또 다른 근심이 그 자리에 들어서고, 근심 없이 살려는 것은 세금 없는 세상에서 살려는 것과 같다.

경준이는 괜찮은 성적으로 중학교에 들어갔다. 1학년 때에는 제법 성적이 잘 나왔으므로, 나의 역량을 곰곰이 생각해 보지도 않고 욕심만으로 경준이도 기숙사 학교로 보내고 싶었다. 그것은 또다시 그네를 타고 끊임없이 흔들리면서 나 스스로를 괴롭히는 날들에서 해방되고 싶었고, 성적 때문에 매일 마주치면서 부자유친한 관계를 허물어 가고 싶지 않기 때문이었다.

하지만 하나가 길면 하나가 짧고 손가락 길이도 제각각이다. 처음에는 잘 달려나가던 경준이는 언제부터인가 앞에서 잡아당기고 뒤에서 밀어주는 부모의 노력에도 불구하고 무슨 깊은 생각이 있는지 속도를 줄이고 서행 운전으로 돌아섰다.

나는 근심으로 눈이 침침해져 시야가 흐릿해질망정 저에게는 시야도 탁 트이고 장애물도 없을 것 같은데, 속도를 내라고 다그치면 "걱정 마세요. 아버지, 열심히 하고 있습니다!" 하면서, 나는 속이 타는데 저만 여유로운 말년의 중학교 생활을 고생 없이 보냈다.

지가 원하는 대로 학원을 3번이나 옮겨 다녔는데도, 끝내 속도를 높이지 못했고 기숙사 학교에도 들어가지 못했다. 공부 좀 열심히 한다는 것이 무슨 큰 벼슬인 것도 아닌데 각시와 나는 경준이는 만만하게 다뤄도 멀리 떨어져 있는 경민이한테는 꼼짝도 못 한다.

경민이는 저를 만나러 가는 전날 밤에 전화해서 초밥이 먹고 싶다, 오렌지가 먹고 싶다, 하며 임산부나 되는 것처럼 이것저것을 주문해 온다. 각시는 아침에 초밥집이 문도 열기 전에 달려가서 한참이나 기다려서 받아 온 초밥을 들고 아들을 만나서도 옆에 꼭 붙어 앉아서 효녀가 부모 공양하듯, 포장지를 하나하나 벗겨서 입에 넣어 준다.

아들은 따박따박 받아먹으며, 성적이 올랐느니 내렸느니 하면서 저희 부모들의 마음을 흔들어대며 맛있게도 먹는다. 각시는 친정어머니께서 보시지 않는 것이 다행이고, 나는 우리 어머니께서 옆에 안 계신 것이 다행이다.

일요일이라 집에 있는 경준이에게는 찌개 하나 달랑 끓여 놓고 때가 되면 알아서 차려 먹으라고 이르면서 형에게 달려가는 부모에게 서운한 심정도 있을 법한데, 경준이는 내색하지 않고 조심히 다녀오시라고 현관문 앞까지 나와서 배웅한다.

저희 엄마가 만들어 준 직불카드로 수시로 책을 사고 용돈을 쓰는 경민이가 책을 사야 하는데 통장에 잔고가 없다고 전화하면, 각시는 지금 보내 주지 않으면 책이 절판이라도 될 것 같은지 부리나케 은행으로 달려가서 화폐를 넣어 준다.

반면 가끔 두어 권의 참고서가 필요하다고 말하는 경준이에게는 교과서가 있는데 무슨 책을 또 사냐? 책을 사면 다 보기나 하는 거냐? 며 꼬치꼬치 캐묻는다. 그런 엄마에게 경준이는 자율 학습에 필요한 책이라 사야 한다고 조용조용히 웃으면서 이야기하는 경준이는 마음이 너그럽다.

가뭄으로 갈라진 논바닥이 물을 빨아들이듯이 우리 집 화폐를 소리 없이 빨아들이는 저희 형에게 "형아! 용돈 좀 아껴 써라!" 하면서 내가 하고 싶은 말을 넌지시 말해 주어 아버지의 근심을 대변해 주니 효자가 아닌가?

어떻게든 기숙사 학교에 들어가게 해서 저와 떨어져 각시와 둘이서만 오붓하게 살아 보려 했던 애비의 매정한 마음을 눈치채지 못하고 부모와 근심 걱정을 같이 나누고 고락을 함께한다.

'부모에게 순종하고 효도 하는 사람에게는 하늘도 복을 내려 준다.'고 했던가? 뜻밖에도 경준이가 다니는 학교가 '자사고'로 선정되었다. 물론 처음부터 '자사고' 학생으로 입학하지 않은 경준이에게는 복이 될지 화가 될지는 아직은 알 수 없는 일이지만 좀 더 좋은 학교로 만들려는 의도만은 확실하지 않은가?

밤이 깊어서 베란다에 앉아, 이 밤도 책상 앞에 앉아 있을 경민이를 생각하며, 별도 보이지 않는 캄캄한 북쪽 하늘을 바라보고 있다. 갑자기 베란다 문이 드르르 열리면서 "아버지! 학교에 다녀왔습니다!" 하고 등 뒤에서 귀가 인사를 드리는 경준이에게 고개 한 번 돌려서 "응!" 하고 건성으로 뚝뚝하게 대답하는 내가 정답지 못하다.

멀리 떨어져서도 끊임없이 근심 주고 불효하는 경민이를 걱정하는 내 마음을 경준이는 알까? 그러나 경준아! 서운해 하지 말아라. 나는 너의 좋은 심성을 귀하게 생각하고 있고 다른 사람도 배려할 줄 아는 마음 넓은 사람이 될 것이라 굳게 믿고 있다.

아버지가 기대하마!

12시 15분에 만나요

'따르릉~ 따르릉~'

전화벨이 여러 번 울려도 전화를 받지 않는다.

방에서 설핏 잠이 들었던 내가 거실로 나와 보니 거실의 책장 밑단에 놓여 있던 전화기를 끌어내어 머리맡에 이고 자던 각시가 그제야 깜짝 놀라서 전화기를 든다.

"엄마, 자고 있었어?"

무엇을 잘못 눌렀는지 경민이의 목소리가 들린다.

"아니, 감기가 왔는지 목소리가 잠기네."

하면서 안 자고 있었던 것처럼 말하려고 하지만 분명이 자다가 깨었고, 누가 들어도 자다 깬 목소리인데 안 잤다고 뻣뻣이 우기고 있다. 지금 시각은 자정을 넘은 12시 15분이다.

요즈음에는 언제 어디서나 인심 좋게도 공짜로 나눠 주는 휴대전화기 때문에 값도 싸고 전자파도 없다고 광고를 해도 외면받는 공중전화기의 신세가 말이 아니어서, 사용하는 사람은 가뭄에 콩 나듯 하다. 그중에는 날씨가 사납거나 비바람이 칠 때 비바람을 피하기 위해서 부스 안에 들어가 휴대전화기로 통화를 하니, 공중전화기로서는 어이도 없고 굴욕이 아닐 수 없다.

이렇게 천대받는 공중전화기도 경민이의 학교에서만은 없어서는 안 될 고마운 존재이고 여전히 성업 중이다.

1, 2학년 때에는 쉽게 오르지 않는 성적 때문에 공부에 시달렸던지 일주일에 한두 번 전화가 왔다. 3학년이 되어서는 초조하고 불안해서인지 매일 하루도 빠짐없이 자율 학습이 끝나는 12시에서 15분이 지난 후에, 자명종처럼 정확히 우리 식구들을 깨운다.

각시는 한동안은 우리 아들이 공부하느라 저렇게 고생하는데 전화 올 때까지 멍하니 앉아서 기다릴 수 없다고, 영어 단어도 외우고 책도 몇 장씩 넘겨보는 것 같았다. 그러나 아니나 다를까 얼마 가지 않아서 "아이고! 책도 젊어서 보아야지 눈도 따갑고 머릿속이 빙빙 돌아서 볼 수가 없네! 파노 씨! 확실히 공부도 때가 있나 봐요?"

하면서 보던 책을 탁하니 덮어버리고 옆으로 쓰러지듯 눕는다. 이제는 지 편할 궁리를 했는지 11시가 가까이 되어 오면 일찌감치 전화기 옆에 자리를 깔고 마치 한숨 자고 야간 일이라도 나갈 사람처럼 잠을 청한다. 그러니 자고 있지 않았느냐고 물어오는 아들에게 안 자고 기다리고 있었다고 우기는 것은 순 거짓말이다.

매일 밤 전화를 하는데도 통화가 시작되면 10분은 보통이고 20분도 넘게 통화하는 것이 다반사다. 수신자 부담으로 전화하는 저는 화폐가 안 들어서 좋겠지만 우리 집 전화 요금은 밤마다 쌓여 간다. 전화 요금이 아깝기도 하고, 다 큰 남자가 매일 밤 그렇게 길게 통화하는 것이 말주변도 없고 특별한 일이 아니면 대개 1분 안에 통화를 마치는 나로서는 도무지 이해가 되지 않는다.

언제나 그렇지만 너무 길어지는 통화에 각시는 "그래, 오늘도 수고가 많았다! 어서 들어가 자거라." 하고 말해서 은근히 전화 끊기를 종용해 보지만, 아들은 못 들은 척하는 건지 몇 번이나 더 들어가 자라는 소리를 듣고서야 전화가 끊어진다.

"왜 그렇게 통화가 길어, 매일 밤 전화하면서? 도대체 무슨 말을 하는데…"

"무슨 말은 무슨 말이에요, 공부 얘기지요. 성적이 들쑥날쑥하고 시험은 다가오고 초조하니까 그렇지요. 엄마한테 말하지 않으면 누구하고 말하겠느냐고 하소연하는데 어쩌겠어요. 당신이 이해하세요!"

"허 그놈 참, 대한민국에서 저 혼자 공부하나?"

하고 더 이상 말하지 않은 것은 경민이가 처음 기숙사에 들어가던 날, 겨울이 끝나지 않은 쌀쌀한 이른 봄 저녁에 아직도 어린 티를 벗지 못한 조그마한 아들을 절간 같은 기숙사에 떼어 놓고 돌아가는 등 뒤에서

"엄마! 다음 주에 꼭 와야 돼! 꼭!"

하고 몇 번이나 당부하던 아들의 애잔한 목소리가 불현듯이 떠올랐기 때문이었다.

어찌 됐든 자식에게는 누구의 어머니나 다 그러하겠지만 우리 각시도 아들에게만은 그런 천사가 없다. 비록 긴 통화가 끝나고 나서는 "나중에 장가가서도 그렇게 전화하는지 두고 볼 거야." 하면서 푸념도 하지만, 전화가 오면 오! 아들부터 시작해서 잘했구나, 너무 걱정마라, 힘을 내라, 하면서 그 긴 통화 시간 동안 정성으로 하소연을 들어주고 다독여 주면서 통화 말미에

"내일 또 전화해라!"

하고 통화를 마치면, 우리 아들은 속도 없이 내일 또 꼭 전화한다.

간혹, 전화가 오지 않는 날도 있는데 그런 날은 왜 전화를 하지 않았는지 모르겠다며 하루 종일 전화를 기다린다.

우리 아들은 멀리 떨어져 있지만, 사실은 유선 통신으로 지 돈 하나 안 들이고 각시와 나를 쥐락펴락하고 있다. 이런 와중에 따돌림당하는 사람은 나뿐이다. 저희 모자지간에는 어려울 때 통화해서 용기 주고 위로받으면서 모자의 정을 두텁게 하고 영원한 추억의 장으로 만들어가면서도, 빈말이라도 아버지는 요즈음 어떻게 지내시냐고 묻지 않는다. 내가 돌아가신 선친께 그러했던 것처럼….

또 하나 발견한 것이 있는데, 그것은 우리 각시가 그렇게 순박한 여자는 아니라는 것이다. 오래전에 각시가 시골의 저희 집에서 하룻밤 자고 온 일이 있었다. 그런데 다음날 돌아와서는 방에 앉자마자 옆에 바짝 붙어 앉아서 내 팔을 붙잡고 어젯밤에 한숨도 못 잤다는 것이다.

왜 잠을 못 잤느냐고 물었더니 평소에는 몰랐는데 당신이 옆에 없

으니까 허전하고 냉랭해서 잠이 오지 않더라며, 못 믿겠으면 이 쌍꺼풀진 눈을 보라고 눈을 치켜뜨고 내 얼굴에 들이 대는 것이 아닌가.

"수술도 하지 않고 쌍꺼풀이 되어서 잘됐구만!"

나는 그렇게 말하면서 멋 난 소녀가 눈꺼풀에 풀칠을 해서 억지로 만든 눈 같아서 웃었다.

평소에도 심성은 고운 것 같지만 애교는 씨도 없다고 생각하고 있었으므로 뜻밖의 행동에 손발이 살짝 오그라들었지만, 속으로는 남편으로서의 존재감에 스스로 흡족해 하며 그 말을 굳게 믿고 있었다.

오늘도 이른 아침에 거실로 나오니 각시가 전화기를 머리 쪽에 이고 베개를 끌어안고서 세상모르게 자고 있다. 옆에 앉아서 각시의 얼굴을 가만히 들여다보았다. 성격은 각지지 않아서 좋지만, 얼굴만은 각도 좀 있고 굴곡도 있었으면 좋으련만 둥그런 얼굴에 턱선은 U라인이다.

세상에 많은 여자들이 V라인을 노래 불러도 우리 각시는 눈도 감고 귀도 막고 얼굴처럼 둥글게 산다.

가끔 얼굴이 호박 같다고 놀릴 때면, 정색을 하며 그런 소리 하지 말라는 것이다. 자기도 시골 동네에서 한참 클 때는 근방에서는 제일 예쁘다는 소리를 들으며 자랐다는 것이다. 허~그것 참, 지나가는 소가 웃을 일이다.

당신 옆에서 숨소리라도 듣고 자야 온기도 느끼고 잠이 잘 온다고 속살거리며 이 쌍꺼풀 진 눈을 보라고 들이대던 눈두덩은, 잔금 하나

없이 수북이 살이 올라 있다.

　자정이 넘어서면 기숙사에 있는 아들이 어김없이 눌러 주는 자명종 소리가 각방을 쓰게 한 지 한 달이 지나도록 거실 바닥에 찐득이 처럼 붙어서, 아침에 보면 잘만 자고 있다.

　내 인기척을 느낀 각시는 살찐 눈두덩이가 무거운지 눈을 두어 번 껌뻑거리며

"왜 여기 앉아 있어요?"

하고 부스스 일어난다.

"통화가 끝나면 방에 들어와서 자지, 어찌 매일 여기서 자나?"

"통화도 길고…. 일찍 자는 당신이 전화 소리에 깨는 것도 그렇고….

　같은 집에서 자는데 어디서 자면 어때요?"

"언제는 숨소리라도 들으면서 자야 잠이 온다며?"

　합방을 한다고 별 특별한 대사가 있을까마는, 언제쯤 합방하게 될 지는 전적으로 아들의 자명종 소리에 달려 있다. 선친께서도 틀림없 이 그러 하셨을 것이고…, 나 또한 일상의 삶은 바윗돌을 어깨에 지 고 있는 것처럼 무겁지만, 존재감은 깃털처럼 가볍다.

경준이는 공부 중이다

'황금잉어빵'은 땅에서 나오는 귀한 금과 물속에서 사는 귀한 물고기를 잘 섞어서 만든 빵처럼 이름이 붙여졌지만, 실상은 밀가루 반죽에 팥고물을 넣어 잉어 모양의 빵틀에서 구워낸 풀빵일 뿐이다.

그 화려한 이름과는 달리 워낙 값이 싸기 때문에 이제 막 한글을 배우는 외국 사람이라면 몰라도 어느 누구도 황금과 잉어는 어디 있느냐고 시비를 거는 사람은 없을 것이고, 나 또한 맛으로도 먹고 이름으로도 먹는다.

각시는 겉으로는 우둔한 것처럼 보이지만 나름대로 꾀는 낼 줄 알아서, 시장에 가서 경준이의 입맛에 딱딱 맞는 반찬거리만 골라 사올 때도 '황금잉어빵' 한 봉지를 곁들여서 당신 생각해서 사 왔노라고 생색을 낸다. 얕은꾀인 줄도 알고 있고, 따뜻할 때는 몰라도 식은 풀빵은 풀 내가 나지만 그냥 사랑으로 먹는다.

세상에는 이름과 실상이 다른 것이 너무나 많아서 겉으로 보기에는 그럴듯한 포장도 들춰 보면 그 안에서는 엉뚱한 일이 벌어지는 것이 다반사다.

고시원 하면 법관이 되기 위해서 어려운 법학 공부 책을 쌓아 놓고 스스로 세상과 단절하며 머리띠를 질끈 동여매고, 밤이고 낮이고 책과 씨름하는 곳으로 생각하여 왔던 나는, 어느 누가 고시원에 들어갔다는 이야기를 들으면 대단한 일로 여겨지고 결국에는 뭔가 되어도 될 것이라는 생각이 들었다.

나중에야 고시원이 꼭 고시생만 들어가는 것이 아니라 일반인들도 기거의 목적으로 들어간다는 것을 알게 되어 고시원 하면 떠오르는 절간 같은 엄숙함과 자신과 싸우는 치열함 같은 느낌들이 많이 엷어졌지만, 그래도 공부를 위해서 고시원에 들어간다면 운전면허시험을 준비하려고 고시원에 들어가는 사람은 없을 것이니, 남다른 각오와 의지의 표현인 것은 사실일 것이다.

어느덧 2학년 여름방학이 시작되었다. 경준이는 어느 날 저녁 뜬금없이, 내일부터 학교 뒤편에 있는 고시원에 들어가서 학교에 다녀야겠다고 선언했다. 집에서 학교까지의 거리는 엎어지면 코 닿을 곳에 있고 집에서도 달랑 혼자 외아들처럼 받들어 모셔지고 있으며, 지가 가장 예민하게 반응하는 성적에 대한 질문은 금기시된 지 오래되어 아무런 불편도 없을 것 같은데, 굳이 이 무더운 여름에 고시원에 들어가겠다는 아들이 이해가 되지 않았다.

하지만 아들이 이미 결정한 일은 여간해서는 번복되는 경우는 없고, 특히나 공부에 연관되어 있는 일에 있어서는 더 말할 나위도 없다.

다음 날 저녁, 아들을 앞장세워 각시와 나는 이불 봇짐과 옷가지들을 나눠 들고 난생처음 고시원에 갔다. 주인처럼 보이는 나이가 지긋해 보이는 아주머니께서 반갑게 맞아 주었다.

"어디서 오셨어요?"

"예, ○○동이요?"

"바로 옆 동네인데…?"

하며 아들을 보고 피식 웃으셔서 각시와 나도 같이 웃어 주며 우리도 어이없음을 표시하였다.

5층 건물의 깨끗한 외관과는 달리 내부 통로는 비좁고 어둠침침하며, 방들은 성냥갑을 잇대 놓은 것처럼 통로 양쪽으로 쭉 늘어서 있었다. 아들 방의 반쯤이나 될까 한 넓이의 좁은 방에는, 자다가 몸을 조금만 뒤틀어도 바닥으로 떨어질 것 같은 폭이 좁은 침대가 벽에 붙어 있었지만, 방이 워낙 옹색하여 키가 큰 아들이 발을 쭉 뻗고 자려면, 발목까지는 벽 속을 뚫고 나가야 될 것 같았다. 바짝 붙어 있는 옆 건물의 벽 쪽으로는 볼품없는 책상 하나가 놓여 있고 환기도 되지 않을 것 같은 쪽문 한쪽으로 낡은 에어컨이 달려 있었다.

혼자 공부하는 데 아무런 방해도 받지 않고 미리 알아서 설설 기는 두 시종이 딸려 있는 쾌적한 집을 놔두고, 자청해서 이 답답하고 옹색한 고시원에 들어가려는 아들은 벌써 편안함 속에서는 발전이 있을 수 없다는 진리를 깨달은 것인가?

아들을 고시원에 남겨 두고 집으로 돌아오는 길에, 각시는 가깝고 편안한 집을 마다하고 답답하고 열악한 고시원에 들어간 아들이 원망스럽다는 듯이

"참, 공부도 별시럽게 하네! 그런 데서 무슨 공부를 한답시고!"

하면서 이해할 수 없다는 듯이 고개를 가로저었다.

"내비 둬? 그래도 경준이가 효자여!"

"효자요? 멀쩡한 집 놔두고 매크랍시 돈이 들어가는데 효자요?"

"잘 생각해 봐. 집에서 학교를 다니면 매일 새벽에 일찍 일어나서 밥해 줘야지. 어디 그뿐이야, 깨우는 데 얼마나 힘들어. 열 번은 깨워야 일어나고 또 밤에는 독서실에서 새벽 2시에야 들어오니, 지는 지 앞날을 위해서 그런다 치고 우리가 뭔 죄여? 매일 밤 자는 둥 마는 둥 하고…. 그런 여러 가지를 생각해서 지 한 몸 희생해서 집을 떠나주면 부모님들이 오붓하니 편안하게 주무실 것이다! 이렇게 생각해서 그런 것이니 효자지, 안 그려? 돈 들어가는 것이야 학원은 안 다니잖아?"

"허~참, 꿈보다 해몽이 좋네요? 아들이 정말로 그렇게 생각한다면 내 손가락에 장을 지지겠네요!"

하면서 웃었다.

공부에는 지름길이 없을 것인데, 집 뒤편 학원 건물의 벽에 한 달

째 붙어 있는 '축 ○○외고 합격 ○○○'이라는 현수막은 마치 학원에서 공부를 시키고 지름길을 알려 주어 합격시킨 양 광고하고 있으니, 시원찮은 공부를 하고 있는 자식을 둔 학부모는 마음이 동하기도 하지만 얄팍한 안주머니의 지갑을 만져 보면 고개가 숙여진다.

한두 달 바짝 공부해서 잘할 수 있는 공부는 누구나 잘할 수 있는 공부일 것이고, 지속적인 의지와 집중력을 가지고 엉덩이에 찐득이를 붙여 놓은 것처럼 한군데에 붙어 있어야 효과를 볼 것 같은데, 우리 경준이는 오늘은 청운도서관, 또 어느 날은 대박독서실, 언제는 합격고시원 하며 공부 잘되는 명당자리를 찾아다니는 것처럼 책가방을 메고 돌아다닌다.

모처럼 만에 찌뿌둥하던 아들의 얼굴이 펴진 것 같은 어느 날은,

"경준아! 공부는 잘되냐?"

하고 친한 친구 아들에게 묻는 것처럼 조심스럽고 부드럽게 물어보니 우리 아들의 한결같은 대답이 돌아온다.

"예! 열심히 하고 있습니다!"

더 세세하게 묻는다고 대답해 줄 리도 없고 공연히 아드님 기분만 상하게 한다고 각시에게 핀잔만 들을 것이니, 아들의 마음이 다치기 전에 내 마음이 다칠 것을 생각해서 입을 다물었다.

벌써 합격고시원을 조기 졸업한 경준이는 밤 10시쯤 학교 수업을 마치고 독서실에서 새벽 2시까지 공부하다가 집으로 돌아온다. 새벽 6시가 되면 어김없이 앳된 소녀가 나긋나긋한 목소리로 '일어나세요!

일어나세요! 늦겠어요?' 하며 일어날 것을 여러 번 권하지만 일어나지 못한다. 공부 잘될까 싶은 장소를 이리저리 찾아다니고 제시간에 일어나려고 휴대전화기의 알람 소리를 이것저것으로 바꾸어 봐도 모든 것은 의지의 문제라 별 효과가 없는 것 같지만, 그래도 제 방에서 나와 거실로 잠자리를 옮겨서라도 원수 같은 잠을 몰아내고 시간에 맞춰 일어나려는 노력이 가상하다.

오늘도 새벽이 되어 일어나라고 호통 치는 알람소리에, 아들이 깨는 것이 아니라 내가 먼저 깨어져 아들의 머리맡에 놓여 있는 휴대전화기를 찾아 소리를 죽인다. 조금만, 조금만 더 자라고….

과정도 중요하고 결과도 중요하다

마음 뜬 며느리의 장롱 속처럼 헝클어져 복잡해진 가슴속을 달래며 경민이 학교로 간다. 말없이 옆에 앉아 차창 밖으로 낮게 드리운 먹구름을 멍하니 바라보는 경민이가 초라하다. 을씨년스럽고 바람마저 불어대는 스산한 날씨만치나 서로의 마음이 황량하고 허망한 이유는, 저도 알고 나도 안다. 수능 성적 때문이다.

낙담하고 있는 아들을 위해 무엇이라고 상투적인 위로의 말을 생각해 보았지만, 나 또한 위로받고 싶은 심정이다. 억지로라도 말을 지어내서 아들을 위로 하지 못하니 아량이 부족하고 편협한 성격은 버리지 못한다.

다른 사람의 일에 대해서는 준비하지 않았는데도 위로와 충고의 말이 술술 잘도 나오더니만 정작 내 앞에 닥친 일에 대해서는 어떻게 해야 할지 막막해지는 것을 보면, 위로나 충고도 함부로 할 일은 아니다.

곤경에 처한 아들을 감싸 안기는커녕 더 열심히 하지 않은 것 같은 아들이 원망스럽고, 기대에 부풀어서 3년 동안이나 먼 학교를 찾아 다녔던 발길이 허망하다. 그럼에도 불구하고 감정을 억누르고 적당한 위로와 격려의 말을 애써서 생각해 보았지만, 감정이 이성을 이기지 못했다.

학교로 들어서는 길 양옆에 나란히 서 있는 은행나무는 금빛 잎사귀를 다 떨어트려 버리고, 지난가을을 다 잊은 채 죽은 듯이 서 있다. 아들에 대한 기대와 희망을 가지고 드나들었던 지난날들의 느낌과 사뭇 다른, 지금의 이 스산한 마음은 꼭 날씨 탓만은 아닐 것이다.

언덕 위에 있는 기숙사 앞에 차를 세우고 경민이 방에 들어갔다. 학생들이 다 빠져나간 기숙사 방은 어두웠고 난방이 끊겼는지 싸한 냉기가 감돌고 나간 집처럼 어질러져 있었다. 그동안 공부했던 책과 옷가지, 이불 등을 차에 실었다.

한 학년을 마칠 때마다 공부를 마친 책들은 집으로 가져왔는데도 플라스틱 상자에 가득가득 들어 있는 책들은 차 트렁크에 꽉 차고 옷가지와 이불 등은 뒷자리의 천장까지 닿았다. 이 많은 책들과 씨름하면서 불안과 기대에 시달렸지만 좋은 성과를 내지 못해 괴로워하는 아들이 불쌍하니, 분명히 이 많은 책 속에 숨어 있을 수많은 답들이 원망스럽다.

주위는 어둑어둑해져 오고 바람결이 한층 차가워진 인적 없는 교정을 나서니 좋지 않은 일로 남몰래 짐을 싸서 집을 떠나는 것 같아 참

담하고 안타까운 심정을 가눌 길이 없었다.

　어둠은 더욱 짙어지고 희뿌연 달빛은 차갑게 비쳤다. 옆에 앉아 있는 아들은 눈을 감고 미동도 없이 가만히 앉아 있다. 집으로 가는 길과 ○○읍내로 들어가는 갈림길에 들어섰을 때
　"경민아! 배고프지? ○○읍에 가서 밥이라도 먹고 가자?"
　"배 안 고픈데요?"
　눈도 뜨지 않고 힘없이 대답한다.
　거리는 인적이 끊기고 스산했지만 곳곳에 들어서 있는 젓갈 가게들의 환한 등불은 밝고 따뜻한 온기마저 느껴졌다. 시장 근처에 차를 세워 놓고 들어선 시장 입구에 있는 작은 식당 안에는, 손님은 없고 김이 모락모락 피어오르는 가마솥 앞에서 솥뚜껑을 닦고 있던 머리가 반백이 다된 할머니가 우리를 맞아 주셨다.
　까만 뚝배기 그릇이 넘치도록 그득한 국밥을 앞에 놓고 나는 아들과 마주 앉았다.
　"경민아! 힘들지? 그러나 세상일이 사흘 기쁜 일 없고 사흘 슬픈 일 없다는 말도 있다. 그러니 너무 마음 아파하지 말고 너의 성적에 맞는 학교를 선택하면 될 것 아니냐? 너는 충분히 열심히 했다!"
　아버지를 바로 보지 못하고 앞에 놓여 있는 국밥만 무심히 바라보고 있던 아들은, 고개를 들면서 목 메인 목소리로
　"아버지, 죄송해요!"
　하면서 눈에 담고 있던 그렁그렁한 눈물을 뚝뚝 떨어뜨렸다.

자식 이기는 아버지는 없다

눈이 많이 내린다. 함박눈이다. 저기 학교 운동장 가 키 작은 소나무 위에 솜털처럼 사분사분 내려앉는 정경이 아름답다. 마음 같아서는 학교 운동장에서 얼굴을 하늘로 치켜든 채 두 팔을 벌리고 내리는 함박눈을 온몸으로 받으면서 뛰어노는 아이들 속에 뛰어들고 싶지만, 그럴 나이는 벌써 지났다. 이런 날이면 시골의 호젓한 산기슭을 천천히 걸어 다녔던 생각이 나서 나도 모르게 도심의 거리를 할 일 없이 배회하게 된다.

집에 들어서니 거실의 탁자 위에 꽃바구니와 예쁘게 포장된 작은 상자 하나가 눈에 띄었다. 얼핏 각시의 생일이 떠올랐지만 각시의 생일은 12월 어느 날쯤 되니까 지나간 지가 한참이 되었고, 딱히 꽃바구니를 보내올 사람도 없다.

꽃바구니의 꽃들은 얼어서 노란 수선화는 빛깔을 잃었고, 붉은 장미는 검붉게 변해서 손으로 만져 보니 꽃잎이 똑똑 떨어졌다. 옆에 놓여 있는 상자의 포장을 벗기고 상자를 열어 보았다. 합격 통지서다. 서울 ○○ 대학의 합격 통지서와 입학 장학생으로 선발되었다는 축하 카드와 함께 학교 소개서가 들어 있었다.

'아! 이 추위를 무릅쓰고 그렇게 먼 데서 찾아오느라 이렇게 꽃들이 얼어버렸구나! 그런데 어쩐다냐! 우리 아들은 진즉에 집을 떠나버렸는데….'

아들을 내 생각대로 설득하는 일은 매사에 우김성이 많고 고집불통이어서 자신에 맘에 차지 않으면 누구의 말에도 고개를 외로 꼬시는 고모부님께 이해를 구하기보다 더 어렵다. 그나마 아들들의 얼굴에 솜털이 보송보송했을 때에는 아침저녁으로 밥상머리에 앉아서 시금치도 먹고 된장국도 먹어라 하면서 이렇게 해라 저렇게 해라 타이르면 먹는 시늉이라도 하더니만 머리가 크고 난 뒤부터는 하는 시늉도 안 하고 된장국이나 푸성귀 반찬은 아예 입에 대보지도 않는다.

각시가 친구 어느 집에서는 삼시세 때 아이들 반찬을 고깃국만 주더라며 걱정하는 체하면서 은근히 흉을 보더니, 당해 보지 않으면 남말은 하지 말아야 한다며 입을 다물어버렸다.

일주일이 멀다 하고 어머니께서 보내주시는 상치, 시금치 등의 푸성귀들은 각시와 내가 먹고 또 먹다가 각시도 이젠 물려서 뒤로 물러앉고, 어머니의 정성은 차디찬 냉장고에 갇혀있다.

어느 날 혼자 있을 때, 냉장고에서 시들어 가는 시금치를 꺼내서 된장국을 끓이고 상치를 씻어서 밥상을 차려 보았다. 차려진 밥상을 둘러보니 어머니의 수고가 밥상에 널려 있고 내 살림이 옹색하다.

어떤 일이든지 대화를 통해서 서로 이해하고 배려하면 바람직한 결과를 얻을 수 있다는 말을 믿고 나지막한 목소리와 부드러운 얼굴로 아들에게 다가가 보지만, 대개는 묵묵부답으로 소통을 거절하고 방으로 들어가서는 휴대전화로 누군가와 소통한다.

이제는 먹는 것부터, 입는 것, 생활 태도에 이르기까지 아버지로서의 영향력은 어느 것 하나에도 미치지 못하고 다만, 화폐 제공 의무만이 어깨를 짓누른다. 그것도 말이 떨어지게 무섭게 즉각 즉각 제공해 주어야 얼굴을 편다.

수능 성적이 발표되었다. 이미 가늠하고 있었을 것인데도 아들은 크게 실망하고 이불을 뒤집어쓰고 이틀째 누워 있다. 수능 성적표에 나와 있는 각 과목의 점수는 아들이 초등학교 5학년 때쯤 받아 오던 점수 정도였는데도 자기가 원하는 명문대 ○○과에 합격하기는 어렵다는 것이다.

그러면 그 아래 등급의 학교의 원하는 학과에 들어가면 될 것 아니냐고 했더니, 한숨을 푹푹 내리 쉬며 방으로 들어가서는 이불을 뒤집어쓴다.

대학에 입학하는 것이 성적이 잘 나오면 잘 나온 대로 못 나오면 못 나온 대로 어느 정도 예측이 가능해야 할 것 같은데, 아들의 말을 들어 보면 그 셈법이 복잡하고 다양해서 귀를 쫑긋하고 집중해서 들어도 여기저기서 튀어나오는 변수에 어지럼증이 나서 이해하기를 포기하게 되고, 셈법을 이해하지 않아도 되는 높은 점수를 받지 못한 아들이 미워진다.

그러고 보면 대학 입학 설명회에 수많은 학부형이 운집한 텔레비전 화면을 보면서 참 유난스럽기도 하다고 생각하며 채널을 돌려 버린 내가 무심하게 느껴진다.

아무런 조언도 해주지 못한 채 며칠이 지났을 때, 아들은 결심이 섰는지 자리를 털고 일어나서 친구들과 몇 번 통화하고는 컴퓨터 앞에 앉았다.

"결정했느냐?"

"예, 제가 목표했던 ○○대학 ○○과는 아무래도 불안해서 그 대학의 ○○과에 넣고요. 또 한군데는 ○○대학 ○○과에 원서를 내봐야겠어요?"

"잘 생각했다! 변하지 않는 점수를 붙들고 고민하느니 너의 성적에 맞는 학교를 선택해서 열심히 하면 되잖아?"

하고 하나 마나 한 위로와 함께 안타깝지만, 마음을 정리했다.

그리고 얼마 후에 논술 시험을 보러 서울에 가서 한 이틀 머물다 돌아온 아들과 저녁 밥상에 마주 앉았다.

"논술 시험은 잘 보았냐?"

"예…."

"그러면 이제 합격자 발표만 남은 거냐?"

"아니요, 면접시험이 남았어요. 그런데 아버지 저 할 말이 있어요?"

아들의 얼굴이 심각했다.

"저… 아무래도 서울에 가서 1년 더 공부해야겠어요?"

그 말을 듣는 순간 갑자기 머릿속이 멍해져서 들었던 수저를 내려놓았다.

3년 동안 기숙학교에서 열심히 공부하면서 저도 입버릇처럼 재수는 하지 않겠다고 말해 왔고 나 또한 꿈에도 생각지 안 했던 일이라, 바로 입이 떨어지지 않아서 한참 만에

"재수는 하지 않기로 하지 않았느냐?"

아들은 말이 없었다.

겨울의 짧은 해는 진 지가 오래되고, 학교 운동장 가의 가로등은 빈 운동장을 지키고 있다. 1년을 더 공부해야겠다는 결심을 하기까지 많은 생각을 해 보았을 아들의 고민을 보듬기보다는 당장 그 많은 학비를 어떻게 감당할까 하는 걱정이 앞서니, 다 지금 제 발등의 불똥이다.

누가 보면 추운 겨울 밤늦게까지 건강깨나 챙기는 극성스런 사람으로 오해받을 정도로 몇 바퀴째 운동장을 걸어 보지만

"그래! 그렇게 해라!"

하고 명쾌하게 대답해 줄 수 있는 화폐가 나올 만한 묘책이 없다.

다 지금 지 잘난 맛에 살더라고, 다른 일에는 똑똑한 체하며 앉아서 천 리 보고 서서 만 리 보는 것처럼 큰소리칠 때도 있지만, 화폐를 생산하는 일에 있어서는 목이 움츠러들고 뒷걸음을 치게 된다. 가끔 각시가 한숨을 내쉬면서 말하던 소리가 귓가에 들린다.

"파노씨! 파노씨는 왜 돈이 없어요?"

새해 첫날이 되었다. 수능 시험이 끝난 지 한 달이 되지 못했고, 개통한 지 보름도 채 되지 않은 휴대전화기를 집에 두고서, 아들은 큰 배낭이 터지도록 꽉 찬 책을 짊어지고 밤차를 타고 서울로 떠났다.

월산 초등학교는 할아버지와 할머니가 지킨다

충청도 정안면 소재지에서 천안 쪽으로 가는 길목에는 다리가 하나 있다. 그 다리를 넘지 말고 물이 흐르는 개천을 끼고 마곡사로 가는 좁다란 길을 따라가다 보면, 개천가에 있는 서너 가호의 집 앞의 길가에 월산 초등학교가 있다. 이 학교에는 밤이나 낮이나, 비가 오나 눈이 와도 자리를 떠나지 않고 월산 초등학교를 지키는 할아버지와 할머니가 있다.

학교 정문에 들어서면 운동장 가의 양쪽으로 각각 다섯 그루의 플라타너스 나무가 같은 간격으로 줄을 맞춰서 굳건하게 서 있다. 갖은 풍상을 겪었을 이 나무들은, 세월 따라 몸집을 부풀려서 아름드리나무가 된 지는 오래된 것 같고, 만약 윗대를 치지 않았다면 지금쯤 나무 끝이 하늘에 닿아 있을 것처럼 거창하게 자랐다.

경탄스러운 것은, 누군가 정성을 다하여 정문을 가운데로 두고 양쪽으로 다섯 그루씩 똑같은 간격으로 심으면서 탈 없이 잘 자라기를 기도 했을 테인데, 그의 바람대로 수많은 세월에도 한 나무도 낙오되지 않고 같은 몸집으로 자라나서 앞쪽 운동장 끝에 한일자로 앉아 있는 교실을 바라보며 열 그루의 나무가 병정처럼 서 있다.

단층으로 납작 엎드려 있는 학교 건물을 품듯이 뒤쪽으로 바짝 붙어서 병풍처럼 서 있는 우람한 산은, 숲이 울창하여 맨살을 볼 수가 없다.

축구 골문이 있는 오른쪽 운동장 가에는 두 자리의 그네가 서 있고, 그 뒤로 서 있는 서너 그루의 아름드리 은행나무는 가을이 깊어지면 노란 은행을 떨어트려서, 계절의 변화에 무딘 사람이라도 아! 가을이 깊었구나 하고 느껴질 만큼 가을 햇살을 받아서 노랗게 빛나고 있다.

무심히 둘러보며 떨어진 은행이나 주워서 뒤돌아 나온다면, 할아버지와 할머니는 만나 볼 수 없다. 정문에서 왼쪽으로 늘어서 있는 플라타너스 나무 뒤쪽에 허리 높이의 네모 반듯한 대리석 위에 흉상의 모습으로 옆으로 나란히 앉아, 나무 사이로 보이는 학교 건물을 말없이 바라보고 계시기 때문이다.

무슨 사연으로 아무도 찾지 않는 잡초 속에 앉아계시냐고 묻고 싶다면, 말 없는 두 분의 얼굴만 바라볼 것이 아니라 무릎을 구부려서 대리석 뒷면을 찬찬히 살펴봐야 한다.

할아버지께서는 평안남도에서 6·25 동란 때, 월산리로 내려와 피난 생활을 하시다가 대도시로 나가 사업을 성취하셨다. 할아버지께서는 그 뒤로 피난 시절의 인정을 잊지 않고 계시다가, 현재 바라보고 계시는 학교 건물의 건축비도 내주시고 학교 뒤에 병풍처럼 서 있는 아름다운 산까지 희사하셨다.

할머니께서는 같은 평안남도 출신으로, 할아버지와 함께 장학회를 설립하시어 거액의 장학금을 이 학교에 희사하셨다. 이 숭고하고 깊은 뜻을 잊지 않고 감사한 마음을 길이 전하기 위해, 학부모들이 힘을 모아서 두 분의 흉상을 여기에 모시게 되었다.

어느 여름날, 이 학교에 우연히 들렀을 때도 운동장은 텅 비어 있었다. 언제 이 학교가 문을 닫았는지는 나로서는 알 수가 없다. 세월 따라 학교 뒷산의 숲은 더욱 울창해지고 나무들은 몸집이 커졌지만, 사람은 간 곳이 없다. 하염없이 빈 운동장을 바라보는 두 분의 눈에는, 날마다 아이들의 웃음소리로 가득했을 그때를 생각하며 떠나간 아이들을 그리워 하시겠지만 아이들의 웃음소리를 또다시 들을 수 있을지는 아무도 장담하지 못한다.

빈 운동장은 언제나 고독하다. 가을바람에 흩날리는 낙엽들은 운동장의 누런 잡초 사이를 이리저리 몰려다니며 숨바꼭질을 하고 있다.

온종일 기다려도 아무도 찾지 않는 외로운 그네는 소슬한 가을바람에 긴 쇠줄 팔을 느릿느릿 흔들어서 끄윽- 끄윽- 하는 신음 소리로 외로움을 토해내는 월산초등학교에 가면, 언제라도 할아버지 할머니를 만날 수 있다.

비바람이 불어도 곡식은 익는다

오늘도 시골집 어머니의 부뚜막 위에는 붉은 칠기 쟁반에 받쳐진 하얀 사발의 '정한수'가 부엌을 지키고 있다. 올 때마다 어머니는 안 계셔도 어머니의 기원을 담은 '정한수'는 항상 그 자리에 조용히 앉아 있다. 매일 새벽마다 첫물을 받아서, 타관에서 공부하는 손자의 건강과 대학 합격을 바라며 두 손을 비비시는 어머니의 모습이 눈에 선하다.

어릴 적 매달 음력 초사흘이면, 어머니께서는 이른 새벽에 일어나셔서 몸을 정갈히 하시고 정성을 다하여 고사떡을 만드셨다. 전날 곱게 빻아 채로 친 하얀 쌀가루에 미리 삶아 놓은 팥을 넣어 까만 옹기 시루에 안쳐서, 떡이 설지 않도록 떡이 다 될 때까지 아궁이 앞에 앉아서 불을 지키셨다.

그렇게 다된 고사떡은 시루째 상에 받쳐져서 뒤뜰 장독대에 올려놓고, 시루 속에 쌀을 담은 조그만 그릇을 넣고 그 속에 초를 꽂아서 촛불을 밝혔다. 아직도 어둑어둑한 새벽녘에 흔들거리는 촛불을 바라보며 연신 머리를 조아려 가며 두 손으로 나지막이 소원을 비시는 어머니의 뒷모습은, 늘 보던 어머니의 모습이 아니라 새삼스럽고 경건한 마음이 들기도 했다.

어느 날은 언제나처럼 부뚜막에 앉아 있는 '정한수'를 바라보며
"어머니 별 효과도 없는 것 같은데 뭐 드러 손바닥이 닳도록 비벼싸? 나 봐! 내가 어머니한테 잘 혀? 손자? 그것 아무 필요 없어?"
"내 맘이여! 두 손 놓고 가만히 있을 수 없으니께 그러는 거여. 그러니 맘 쓰지 마아라!"

7월이다. 벌거벗은 채로 지난겨울을 견디었던 빈 들판이 요술쟁이의 손길이 닿은 것처럼 황량함을 벗어던지고, 푸른 옷으로 갈아입고는 뜨거운 햇살을 받고 있다.
모내기를 할 때에는 한 뼘 정도밖에 되지 않던 가녀린 새끼 모가, 한 여름의 뜨거운 불볕더위와 모진 비바람을 견디고 과연 결실을 맺을 수 있을까 하고 의심이 들기도 하지만, 가을이 되면 심을 때보다 몇 배로 커서 어김없이 찰랑거리는 노란 낟알을 달고 있다. 곡식은 농부의 발자국 소리로 자란다고들 하지만, 내가 해 봐서 아는데 사실은 9할은 하늘이다.

서울은 언제 가도 낯설고 붐비며, 길눈이 어두운 사람에게는 방향 감각을 잃어버리게 한다. 지하철의 환승역에서 어디로 가야 할지 몰라 허둥거리는 내 모습을 보고 미덥지 않으셨던 어머니께서는

"야! 입이 서울이여? 아는 길도 물어가랬다고 사람들에게 물어봐라!"

귀에는 이어폰을 끼고 눈으로는 휴대전화기를 보며 바삐 걸어가는 젊은 여자에게 쭈뼛거리며 촌사람이라는 것이 확연히 드러나는 말씨로 길을 물었다. 멈춰선 젊은 여자는 귀에서 이어폰을 빼고 내 말을 귀담아듣더니, 상냥한 목소리로 촌사람이 알아들을 수 있도록 자세하게 알려 주었다. 옆에서 가만히 듣고 계시던 어머니께서는 큰소리로,

"아가씨! 고마워유!"

하고 나 촌에서 왔어요, 라고 광고하시니 지나가던 사람들의 눈길이 모두 우리에게 모여들었다. 젊은 여자도 친절하고 예의 바르지만 우리 어머니께서도 참 예의 바르시다.

한밤중이 되어서야 등산이라도 다녀오는 사람처럼 큼지막한 책 배낭을 메고 동생 집으로 들어서는 아들은 고개를 꾸벅이며 인사했다. 홀쭉해진 얼굴에 코는 뾰족해지고 머리는 민머리여서, 으레 하는 공부는 열심히 하냐, 라는 말이 나오지 않았다.

처음에 서울에 올라간 아들은 몇 군데에 기숙 학원 공개강좌에 가보기도 한 것 같은데, 무슨 생각이 들었는지 도서관에 다니면서 혼자 공부 하겠다는 것이었다. 그렇게 결정하게 된 것은 지애비의 화폐 생

산능력에 의심을 품었거나, 스스로 공부하는 습관이 몸에 배어서 틀에 짜인 기숙 학원의 학습 방법으로는 좀 더 폭넓은 공부를 할 수 없겠다는 생각이 들었거나 둘 중 하나겠지만 그것은 자세하게 물어보지 못했다.

왜냐하면, 단호하게

"기숙 학원에 등록해서 공부해라!"

하고 말할 수 있는 뒷심이 나에게는 없기 때문이었다.

가난하다는 것이 부끄러운 것은 아니라고 말할 수도 있고 남에게 부끄러워할 필요는 없다고 자위할 수는 있겠지만, 나 자신에게 부끄러운 마음이 드는 것은 어쩔 수 없었다.

그렇다고 부끄러움을 감추고 '그래, 잘 생각했다!'라고 말할 수도 없어서, '니 생각대로 해라!' 하고 비겁한 마음으로 결과에 대한 책임을 아들에게 떠넘기고, 나는 최선을 다한 아버지로 남기로 했다.

가을이 깊어졌다. 봄에 심었던 새끼 모는, 비가 오지 않으면 비가 오지 않아서, 비가 오면 또 너무 많이 온다고 걱정하는 농부의 근심은 아랑곳하지 않고, 하늘은 지 하고 싶은 대로 심술을 다 부렸지만, 결국에는 자비를 베풀어서 노란 낟알로 맺어졌다. 이제는 그 넓은 들녘이 품고 있던 곡식은 다 내어주고, 또다시 빈 들녘이 되었다.

수능 성적을 받아 들고 집에 돌아온 아들은 1년 내내 민머리로 지내다가, 이제 조금 자란 머리를 억지로 곱슬곱슬하게 만들어서 아프리카 청년처럼 보였지만 얼굴만은 하얗게 빛났다. 받아 온 수능 성적은 전 과목이 아들이 초등학교 3학년 때에 받아오던 성적 정도여서 저도 기뻐하며 얼굴에 희색이 만연하니 보기에도 좋았다.

아들이 집에 돌아와서 부리나케 맨 처음 한 일은, 그동안 단절했던 세상과의 소통을 위해서 휴대전화를 개통하고 초등학교 선생님, 중학교 선생님을 찾아뵙고 고맙다는 인사를 드려서 예를 갖춘 것이다. 그러나 정작 저를 위해서 새벽마다 '정한수'를 떠 놓고 기원하신 할머니의 숨은 공로를 잊어버린 것 같아서

"경민아! 할머니께 고맙다고 전화해야지?"

하고 두어 번 상기시켰지만 예, 하고 대답만 하고 뒤로 미루었다.

'어머니, 내가 뭐랍디여! 손자 그것 아무 필요 없다고 말 안 했소?'

합격자 발표를 기다리는 동안에 초조한 마음이 들기도 했지만 아들 자신은 태연자약해서 어느 정도 믿음이 갔는데, 예상대로 처음에 원하던 대학에 어렵지 않게 합격했다.

내일은 또 어떤 어려움이 있을지 알 수 없으나, 우리 집은 아주 오랜만에 평온이 찾아와서 화기애애한 나날을 보내게 되었다. 아들은 아직 어려서 여러 가족의 근심과 성원과 격려를 부담으로만 받고 고마움을 느끼지 못할 것이니, 우선은 철없는 아들을 대신해서 평생을 손바닥을 비벼서 가족의 안위를 기원하신 어머니께 엎드려 감사드리고, 또한 지 애비보다 훨씬 더 조카의 앞날을 걱정하고 물심양면으로 아들을 이끌어 준 동생들도 고맙다.

부디, 아들이, 모래알같이 많은 사람 중에 한 사람이라는 것을 잊지 말고 겸손한 사람이 되기를 바란다.

어머니의 삶은 지난하다

장마가 오기는 아직 이른 때인데 연 이틀째 바람이 불며 비가 내린다. 선거일이 며칠 앞으로 바짝 다가와서 마음 바쁜 후보들은, 비바람에도 아랑곳없이 투명 비옷을 입고 작은 트럭의 연단 위에 서 있다. 신호등이 서 있는 길목마다 트럭의 연단 위에 서서 미소를 지으며 스쳐가는 자동차에 대고 연신 손을 흔들고, 내가 평생을 다해도 하지 못할 절을 하루에도 수백 번, 수천 번씩 머리를 조아려서 절을 하는 후보들의 마음은 절실하다.

내가 사는 이웃 도시에 우리 각시의 오빠의 부인이신 '양선심' 씨가 살고 있다. 선심 씨는 경우도 밝으며 사리분별이 명쾌하고 활달하다. 뿐만 아니라 음식 솜씨도 일품이어서 손쉽게 만들어 내놓는 음식을 먹다 보면, 큰맘 먹고 체중 조절을 하고 있는 사람이라도 그날만큼은 포기하게 만든다.

우리 각시가 선심 씨의 음식 솜씨를 따라잡으려면, 아마 3년은 족히 달라붙어서 합숙 생활을 해도 '선심맛'을 낼 수 있을지는 의심이 간다.

　선심 씨는 음식 솜씨만큼이나 아들들도 알뜰하고 정성스럽게 건사하여, 벌써 건실한 청년이 된 두 아들들의 효도를 받으며 평안을 누리고 있다. 그런데 아들들을 키우느라 힘든 일, 궂은일을 마다하지 않고 동분서주하던 그녀의 다리가 이제는 지쳤는지 수술을 받았다고 한다.

　세차게 자동차 앞유리를 내려치는 빗줄기를 지우느라, 허겁지겁 양손을 흔들어대는 유리 지우개는 쉼 없이 내리는 빗줄기를 마저 지우지 못해서 병문안 가는 밤길이 더디고 위험했다.

　넓은 입원실은 여러 명의 입원 환자들이 엎드려 있거나 모로 누워서 눈을 감고 있는데, 보는 사람도 없는 텔레비전만 혼잣말을 하고 있었다.

　병실에 들어가니 누워 있던 '선심' 씨가 일어나 각시와 나를 반갑게 맞이했다. 얼마나 힘들었냐는 인사말에 언제나처럼 활달한 목소리로 괜찮다고 말해 주어 우리들의 마음을 편안하게 해 주었다.

　복도로 나와서 소리 나지 않게 발걸음을 옮겨가며 벽면에 붙어 있는 그림들을 보면서 각시의 긴 병문안이 끝나기를 기다리고 있었다. 복도 맨 끝에 있는 서너 개의 간이의자에는, 할머니 한 분과 마흔은 넘어 보이는 부인이 열 살쯤이나 되어 보이는 예쁘장한 여자아이를 옆에 끼고 앉아 있었다.

"그러니까 어머니는 뭐하러 삼촌한테 자동차를 사 줘요?"

"나가, 일이 그렇게 될 줄 알아다냐?"

하시면서 할머니는 며느리처럼 보이는 부인과 눈도 마주치지 못하고 죄지은 사람처럼 목소리를 낮췄다.

"지영아! 병실에 가서 아버지 나오시라 해라! 집에 가자!"

어머니의 말에 병실을 향해 후다닥 뛰어가는 손녀의 뒤에 대고 할머니는 한마디 하셨다.

"저놈의 가시내, 병원에서 방정맞게 뜀박질하는 것 좀 봐라. 집에 가서 버릇 좀 고쳐라!"

하고 화풀이하듯 말씀하셨다.

그 말을 들었는지 뛰어가던 아이가 뒤돌아 와서는 자기 어머니 옆에 바짝 붙어 앉아, 눈을 치켜뜨고 째려보며 가지 않겠다는 것이다. 내가 보기로는 남도 옆에 있는데 지 흉을 보는 것 같아서 심사가 뒤틀려서, 심통을 부리고 있는 것 같았다. 할 수 없었던지 아이의 어머니는 딸의 손을 붙들고 병실로 향했다.

할머니께서는 후~ 하고 한숨을 길게 내쉬며, 옆에서 웃음기를 띠고 바라보고 있던 나에게 손으로 의자를 가리키며 앉으라고 권했다.

"참말로 징허네요. 사는 것이 지긋지긋허고 지난혀요. 나가 아들 닛에 딸내미 하나를 두엇소. 막내아들을 마흔 니살에 갖엇는디, 띠어버릴라고 병원에 갔는디, 가딱허먼 산모도 위험시럽다고 혀서 헐 수 없시 낳았는디, 아 그놈이 그렇게 나를 볶아 먹네요. 그나마 지애비도 지가 시상에 나오기도 전이 병으로 가버리니, 나 혼자 아덜덜을 키니라 이것저것 안 해 본 것이 없소!"

할머니는 깡마른 몸매에 입성은 깨끗했지만 머리는 백발이 다되었고, 손가방 위에 올려놓은 손은 거칠고 갈퀴처럼 굽어서, 지난한 지난 세월을 듣지 않고도 느낄 수 있었다.

땅이 꺼질 듯한 탄식으로 이어지는 지난 이야기를 고개만 몇 번 끄덕이며 듣고 있는 내 마음은, 위로의 말도 찾지 못하고 무겁게 내려앉았다. 할머니의 손보다도 작고 가느다란 내 손가락이 죄스러워, 무릎 위에 펴고 있던 두 손을 주먹을 쥐어서 감추었다.

"다른 자식들은 먹고살기 심들어서 갈치지도 못허고, 막내 놈만 고등과까지는 마쳤소만, 더 높은 핵교를 못 마쳐서 그런지 이날 평상을 어디를 들어가도 몇 조금 못 가서 막살해버리고 들어앉아서, 그저 돈만 내노라고 나만 들볶아대니 나가 살 수가 있겠소? 그때 무신 수를 내서라도 더 높은 핵교를 보내는 것인디…."

고생담으로 엮어진 소설책을 가슴속에 품고 살아오신 할머니는 자식이 자리를 잡지 못하고 힘들어 하는 것이 높은 학교를 보내지 못한 당신의 탓으로 돌려서 자책하시지만, 세상을 원망하시지는 않으셨다.

"아! 작년 가실 이는 쬐끄만 무슨 가게를 한답시고 몇 날 며칠을 볶아체서 빠드시 돈을 마련혀서 줫더니, 채 시달도 못 허고 돈만 까막고 말았소. 그리고 나서도 두어 달을 집구석에 죽치고 앉았더니, 올봄에는 취직을 혓다고 자동차를 사달라고 혀서, 즈그형들에게 아순소리 혀서 흔 차를 하나 장만 안 해 줫소? 웬걸, 두어 달도 댕기지 못

허고 막살 허고, 요새는 어디를 싸돌아 댕기는지 낯짝도 안 비치니 복장 터질 일 아니요? 지가 돈 떨어지면 기어들어 오것지만, 아주 안 와 버렸으면 좋컷소!"

하시면서 입이 마르시는지 입맛을 다시며, 손가방에서 흰 손수건을 꺼내 입과 눈을 닦으셨다.

"며느리라고 있는 것들도 호랭이 아갈빡 같아서, 사십이 낼 모래고 장가도 못 간 씨동생을 못 잡아먹어서 으르렁거리고, 즈그형 덜도 다 지금 지 먹고 살기 바빠서 막내 하나 있는 것을 내박쳐 두니, 애미인 내 속만 타들어 가고, 그 자식이 불쌍혀서 살 수가 없소!"

할머니는 그렇게 말하고 후~ 하고 한숨을 내리 쉬며 들고 있던 손수건을 눈으로 가져가셨다.

"할머니! 너무 상심하지 마세요. 마음 편히 잡수시고 사시다 보면, 좋은 일도 있지 않겠습니까?" 하고 위로했다.

문득 우리 어머니께서 자식들 걱정에 한숨을 쉬실 때마다

"어머니의 한숨과 눈물은 언제나 멈출까?" 하고 퉁명스런 목소리로 어머니의 말문을 막아버린 내 자신이 떠올랐다. 이제껏 이 할머니께 위로하는 것처럼 정 담긴 목소리로 어머니를 위로한 일이 없어서… 우리 어머니를 대하고 말하는 것처럼 진심으로 위로해 드렸다.

입원실 입구 쪽이 있는 병실 문 앞에, 할머니 가족들이 서서 할머니를 기다리고 있었다. 힘들게 일어서시는 할머니를 부축해 드리려고 잡은 손은 소나무 등걸처럼 거칠었다. 병실 앞에 서 있는 가족 중에는 중학생쯤으로 보이는 소년이 있었는데, 환자복을 입고 양손에

목발을 집고 서 있었다.

"쯧쯔쯔…"

할머니는 혀를 차시면서

"공부도 지대로 못 허는 놈이 뭔 뽈을 찬다고, 발모가지가 뿌러저서 몇 날 며칠씩을 병원에 나자빠졌으니 다 지애비 잡을 일이지…. 그나저나 어서 사는 뉘신지는 모르 것지만, 이 늙근이 푸념을 들어 줄라고 욕 봤소! 복 받고 성공하시오!"

"할머니께서도 건강하시고 오래오래 사십시오!"

"오래 살어서 뭔 꼴을 볼라고?"

하시면서 몇 발짝 옮기시던 발걸음을 멈추시고, 고개를 돌려 마음을 추스르신 듯이 얼굴에 미소를 담으셨다.

창밖을 내다보니 아직도 비는 내리고 있다. 앞 건물의 벽면에는 살맛나고 신바람 나는 세상을 만들겠다는, 후보의 현수막이 비바람에 펄럭거리고 있다. 과연 할머니와 나는, 언제나 신바람 나는 세상을 만날 수 있을지… 그것은 아무도 모른다.

경준이는 아직도 공부 중이다

　바람도 없는 날, 목화송이 같은 함박눈이 쉼 없이 쏟아진다. 내일모레로 성탄절이 다가오고 있어 순백의 성탄절을 고대하고 있는 사람들에게는 너무나 반가운 함박눈이겠지만, 겹겹이 쌓인 세월의 먼지와 일상의 번민으로 가슴속 깊이 가라앉은 나의 동심은 눈 앞에 펼쳐진 순백의 경탄스러운 자연의 조화에도 감흥이 일어나지 않으니, 이제 눈만 어두워진 것이 아니라 마음도 어두워진 것 같다.

　한길에서 '용강사'로 올라가는 눈 쌓인 산비탈 길은 새 신발로 바꿔주지 않는다고 투정을 부리는지, 헛바퀴를 돌려대는 늙은 자동차를 어르고 달래가면서 가다 서다를 반복하니 얼음장 위를 걷는 것처럼 조심스럽고 불안했다.
　어지간한 결심으로는 지을 엄두도 못 낼 가파른 산 중턱에 앉아 있는, 서너 채의 고시원으로 쓰이는 단층집의 지붕 위에는 벌써 한 뼘도 넘는 눈이 쌓였지만, 아직도 내리는 눈송이를 조용히 더 받아내고 있었다. 좀 더 위쪽으로는 산의 덩치가 워낙 커서 더 왜소해 보이는 작은 절 한 채가 저 아래 금강 줄기를 굽어보고 있었다.

"하~아! 경치 정말 멋지네요! 그렇죠? 아버지!"

고시원의 작은 쪽 마당에 서서 눈 내리는 산 아래 풍경을 내려다보면서 경준이가 하는 말이다. 속 있는 놈 같으면 다른 애들처럼 단번에 대학에 들어가지 못하고 수능 성적을 발표하기도 전에 생전에 와보지도 않을 이 먼 충청도 땅 산속으로 지 애비를 끌고 온 미안한 심정이 들어서라도 밝은 낯빛을 감춰야 할 것 같은데, 명산을 찾아 관광이라도 온 것처럼 지금의 지 처지와는 동떨어진 탄성을 연발하며, 경치를 감상하는 아들을 물끄러미 바라다보았다.

지난여름의 일이었다. 여름방학이 시작되고 채 며칠 되지 않아 경준이는 학생부 부원들과 단합 대회를 간다고 1박 2일 일정으로 바닷가에 다녀왔다. 중요하다고 생각되는 일을 목전에 두면 소소한 일은 막살 해버리는 나의 성향과는 달리, 촌음도 아껴 써야 할 이 시점에도 그 일은 그 일이고, 이 일도 중요하다는 듯이 할 것 다하고 돌아다니는 아들이 미웠다.

하지만 하루 이틀 사이에 금방 새까맣게 그을린 얼굴로 집으로 들어서는 아들에게, 지금이 어느 때인데 그러고 다니느냐는 타박 대신에, 오히려 좋은 낯꽃으로 재미있게 놀다 왔느냐고 아첨을 떨게 되는 내 신세가 말이 아니었다.

그런데 바닷가에 다녀온 지 이틀이 지난 어느 날 아침에 아들 방에서 다급히 나를 부르는 각시의 목소리가 들렸다. 벌떡 일어나 아들 방에 들어간 나는 깜짝 놀랐다.

경준이의 얼굴과 온몸은 벌겋게 달아올라서 불덩이처럼 뜨거웠고, 식은땀을 흘리면서 끙끙 앓은 소리를 내며 누워 있었다. 또한 오른쪽 종아리가 바람 넣은 풍선처럼 벌겋게 부어올라서 손만 대면 터질 듯이 부풀어 있었다.

정신없이 아들을 데리고 가까운 병원으로 달려갔다. 진찰을 마치신 의사 선생님은, 바닷물에서 병균이 다리에 침투한 것 같다면서 치료가 쉽지 않으니 입원해서 치료해 보자고 하셨다. 걱정은 많이 되었지만 이삼일 치료하면 거뜬하게 나을 것이라고 생각했는데, 막상 입원하라고 하니 걱정은 배가 되었다.

그러나 치료한 지 보름이나 가깝도록 다리에 부기가 빠지지 않았다. 하루는 의사 선생님이 부르더니 아무래도 대학 병원으로 옮겨서 치료하는 것이 좋겠다고 하셨다. 대학 병원에 입원하여 또다시 수없이 사진을 찍고 주사를 맞고, 다리를 베개에 높게 받치고 얼음찜질을 하며 한 달이 넘도록 병원에 누워 있었다.

당사자인 저는 그 괴로움이 오죽하겠냐마는 각시와 나는 번갈아 가며 병원을 다니느라 무더운 여름이 어떻게 지나갔는지 모르게 지나갔다. 그렇게 여름방학도 보내고 수능 시험이 채 두어 달도 남지 않은 9월 말경에야,

"시험이 걱정이 되겠구나!"

하고 염려해 주시는 의사 선생님의 말씀을 들으며 병원에서 퇴원했다.

수능 시험이 끝나고 나서 점수가 어떻게 나왔느냐고 물어도 얼버무리고 성적표도 보여 주지 않았다. 굳이 보여 달라고 해서 보나 마나 한 뻔 한 점수를 가지고 얼굴을 붉힌다고 점수가 변하지도 않을 것이고, 아들이 처한 상황에서는 점수도 얻지 못하고 자존심마저 잃게 되면 비참한 마음이 들 것이라는 생각으로 못 이기는 체하고 넘어갔다.

문제는, 아들의 학습 능력과 나의 기대 사이에 접점을 찾지 못하고 좀 더 높은 기대 속에 나를 가둬 놓아 아들도 안타깝고 나도 안타까운 시간만 계속 흐르고 있다는 것이었다. 이제는 양보해서 아들의 고3 때 담임 선생님께서 아들을 바라보던 객관적이고도 냉정한 시선으로, 바라볼 때가 된 게 아닌가 하는 생각이 들었다.

이미 병원에 누워 있을 때 재수할 구실은 만들어졌을 것이고 지가 생각하기에도 아버지의 기대는 저의 실력보다 턱도 없이 높을 것이니, 수능 성적도 그렇고 이첨 저첨 아버지를 피해서 떠나고 싶었을 것이다.

하지만 재수하는 것은 어쩔 수 없다 치고라도 학원에서 공부하는 '신식공부'를 권해도 꼭 절에 있는 고시원에서 홀로 공부하는 '구식공부'를 고집하는 이유가 의심스러웠고, 혹시 저러다 절에 아주 눌러앉지나 않을까 은근히 걱정이 되었다. 하지만 자식을 누가 이기랴?

그리하여 말로는 항상 열심히 해 왔고 아직 최선을 다하지 않았을 뿐인 내 아들 경준이는, 금강 줄기가 내려다보이는 산 중턱의 고시원에서 영험하신 계룡산 산신령의 정기를 받으며 공부가 잘되라고 조석으로 불공을 드려 주는 스님의 목탁소리를 들으며 아직도 공부 중이다.

산이 시장이 되었다

오월이다. 해는 서산에 걸려 있고 산 아래로 내려다보이는 마을은 넘어가는 오월의 햇살을 받아서 온 마을이 따뜻한 기운으로 감싸였다.

산등성이를 넘어서 불어오는 봄바람을 마주 안은 산비탈의 보리 숲은, 남모를 기쁜 일이 생긴 사람처럼 누웠다 일어났다 하며 오월의 바람을 맞는다.

산비탈을 따라 구불구불 나 있던 오솔길이 그동안 사람의 발길이 끊겼는지 숲 속에 숨어버렸다. 시골에서 살 때에는 매일 저녁 오르내리던 산책길이라 어디쯤 가면 구부러진 소나무가 길을 막고 서 있고, 어디쯤 가면 '고려' 적부터 그 자리에 앉아 있었을 것 같은 이끼 낀 바위가 그 자리에 있었는데, 이제는 모두가 숨어버려서 딴 동네의 숲 속을 거니는 것 같다. 길도 사람도 자주 만나지 못하면 이렇게 생소해지는 것인가?

산책은 홀로 걷는 것이다. 오래된 일이다. 그날도 해가 뉘엿뉘엿 넘어가는 저녁때가 되어 버릇처럼 산책길에 나서려고 막 집을 나서는 참이었는데 도시에 사는 친한 친구가 기별도 없이 집에 들어섰다. 집으로 들어갈까 하다가 이왕 나선 김에 같이 산책이나 하자고 다감한 친구에게 권했다.

하지만 산길에 들어선 지 얼마 되지 않아 잘못된 동행이었음을 느끼게 되었다. 숲이 우거지고 한 사람이나 걸을 수 있는 좁다란 산길을 앞뒤로 서서 걸으면서, 세상살이 이야기를 숲으로 끌고 와서 이야기하다 보니 세상 소식은 더 알 수 있을지 모르겠으나, 내가 느끼고 싶었던 고감도의 정서적 교감은 나눌 수 없었다.

시간이 갈수록 평생 가도 와 보지 않을 다른 친구들을 숲 속으로 불러들여서 이야기꽃을 피우느라, 얼마 전에 피어났던 제비꽃은 지고 있는지, 민들레꽃은 솜사탕이 되고 홀씨가 되어 날아갔는지 눈길 한 번 주지 못하고 술잔을 들고 해야 할 세상 이야기로 조용한 숲 속을 깨웠다.

평상시에 거닐던 산책길을 반쯤이나 왔을 때 "친구, 집에 가서 술이나 한잔하세!" 하고 왔던 길을 되짚어서 집으로 돌아왔다. 그 후로 세월이 가서 각시도 얻고 다감했던 친구는 소식도 없고.

그 무렵의 어느 날은 저녁때가 되어 산책길에 나서는데 각시가 뒤

따라나오며 "파노 씨, 아무래도 좀 수상해요? 혹시 산속에 이쁜 여자라도 숨겨 놓은 것 아니에요? 오늘은 나도 한번 따라가 봐야겠어요?" 하면서 맨발로 토방에 내려서더니 황급히 마루 밑의 운동화를 찾았다.

날마다 이맘때가 되면 산으로 오르는 것을 보며 자기 딴에는 궁금해했던 것이고, 매일 가서 보지 않으면 안 될 그 무엇이라도 숨겨 놓았을 것이라 생각이 들었는지 모르겠지만, 산속에 숨겨놓은 것은 아무것도 없었다.

숲 속을 이리저리 날아다니며 노래하는 새소리와 소나무 가지를 스치는 솔바람 소리, 석양의 햇살을 받아 반짝이는 무수한 나무 잎사귀들이 지나가는 바람과 속삭이고 있을 뿐이다. 지저귀는 산새 소리를 들으면 족하지 재잘거리는 각시의 잔소리까지 산속으로 끌고 갈 순 없어서

"안 돼, 요즘 숲이 워낙 무성해져서 호랭이가 나올지도 몰라?"

하고 따라나서는 각시를 떼어 놓기도 했다.

내가 다니던 산책길이 어째서 숲 속에 숨어버렸는지 이제야 알았다.

어느 일요일 날에 시골집에 갔다. 저녁에 시골의 어머니와 함께 조금 이른 저녁 식사를 마친 후에 각시가 오랜만에 운동 삼아 앞산이나 올라가 보자고 했다.

산책을 같이하자면 마다했을 것이지만 운동을 같이하자는데 그것마저 거절할 수 없어서, 각시를 따라 산마루에 오른 나는 깜짝 놀랐

다. 산마루에 신작로가 나 있었다. 어렸을 때부터 동네 친구들과 사시사철 올라다니며 놀았던 놀이터에, 어느 날 갑자기 신작로가 난 것이 너무나 황당하고 어이가 없었다.

야트막한 야산들이 꼬리에 꼬리를 물고 이어지는데, 동네 입구에서 시작되는 신작로는 낮은 산의 옆구리를 타고 올라가서 어느 곳에서는 산 정상을 가로지르고, 좀 더 높은 산은 산비탈을 감돌아서 계속 이어져 갔다. 마치 다 자란 우리 보리밭 한가운데를 '불도저'가 사정없이 밀고 나간 것처럼 무참함을 느꼈다.

그렇게 숲 속을 따라 길게 나 있는 넓은 산길에는 천천히 걸으면서 스치는 바람에 몸을 흔드는 나무들이나 발밑에 피어 있는 풀꽃들에게는 눈길 한번 주지 않고, 두세 명씩 짝을 지어 씩씩한 발걸음으로 팔뚝을 직각으로 세워서 하늘을 향해 종주먹질을 해대면서 100세를 향한 꿈을 다지고 있었다.

이제는 우리도 잘살게 되었다. 어지간한 산골 오지의 마을까지도 아스팔트나 콘크리트 길이 쭉 뻗어 있고 대문 밖에서 뛰어노는 아이들은 눈을 씻고 봐도 찾아볼 수 없지만, 반짝이는 자동차는 대문 앞에 떡하니 서 있다.

이 모든 풍요로움이 먼저 사신 어른들의 땀과 열정으로 이루어진 것이라 생각되고 감사함을 느꼈는지, 전국 곳곳에서는 '올래길,' '갈래길'을 깎고 다듬어서 오고 가면서 산천도 구경하시고, 덤으로 건강까지 챙기시라고 앞다투어 배려해 주시니 그리 좋을 수가 없다.

유행을 쫓는 것이라면 어제 산 '드레스'도 쓰레기통에 던져버리고 오늘 새로 산 신상 드레스로 갈아입는, 서울에 사는 내 누이동생이 옷 한 벌과 신발을 사 들고 집에 왔다. 사 온 옷과 신발을 방바닥에 펼쳐 보이며 유명 백화점에서 비싼 가격으로 구입한 것이고, 요즘 유행하는 '블랙노스' 제품으로 서울에서는 이 정도의 명품을 걸치지 않고서는 북한산은 물론이고 근처 공원조차도 가난 타서 나설 수 없다는 것이다. 그래서 내가 서울에서는 산이나 공원 입구에서 사람들이 어떤 옷을 입고 오는가 하고 지켜보고 있는 사람이라도 있느냐고 물었더니, 말이 그렇다는 것이지 그럴 리야 있겠느냐며 까르르 웃었다.

쌀 몇 가마니 값을 들였다는 소리에 깜짝 놀란 세상 물정 모르는 농부는, 그때서야 가까이 다가가서 옷을 만져 보고 들어 보며 찬찬히 살폈다.

언젠가 시골 5일장의 좌판에서 만 원을 주고 산 등산화는 둔탁하게 생기고 무거워서 산책을 마치고 집에 돌아오면 발목이 가끔 시렸었는데, 누이동생이 사온 등산화는 가볍고 날렵하게 생긴 것이 내가 아는 등산화는 아니고, 운동화였다.

의심스런 마음으로 이건 운동화가 분명한데 네가 속아서 쌀 두 가마니 값이나 주고 산 것이라고 말했더니 호호호 웃으면서, 오빠는 똑똑한 체는 혼자 다하면서 어떨 때 보면 아무것도 모르는 맹물 같다며 비웃음을 주면서 재미있어했다.

세상 모든 물건의 값어치를 쌀값으로만 쳐 보는 습성이 들어버린 농부는, 파자마처럼 가볍고 얇은 등산복과 운동화같이 가벼운 등산화 값을 쌀값으로 쳐 보면서, 대체 몇 마지기의 땅에서 1년 농사를 지어야 이 값이 나올까를 속으로 계산해 본다.

귀한 쌀이 푸대접을 받게 된 지는 벌써 오래되었고 세월이 갈수록 점점 변방으로 밀려나는 대책 없는 농부는, 흙을 주무르며 산 지난 세월이 허망해진다.

화창한 어느 일요일에 도시 근교에 있는 '올래길'에 나섰다. 누이동생이 사다 준 '블랙노스' 등산복과 등산화값을 쌀의 무게로 환산해서 짊어지고 일어서려면 항우장사 할아버지라도 꿈속에서조차 일어서지 못하겠지만, 이 명주 속옷 같은 등산복과 가벼운 등산화는 입었는데 입지 않은 듯하고, 신었는데 무게감이 없어서 발밑이 허전하고 갑자기 몸무게가 줄어든 느낌이 들었다.

'올래길' 입구의 넓은 주차장에 **빽빽**하게 들어찬 자동차를 보니 벌써 많은 '올래꾼'들이 '올래길' 속으로 들어선 것을 알 수 있었다. 울긋불긋한 등산복 차림으로 많은 사람들이 길을 따라 쭉 늘어서서 걷는 모습이 성지를 순례하는 사람들처럼 보였다.

길가에 서 있는 나무들은 쌀가마니 값이나 주고 산, 어울리지 않는 명품 등산복을 걸치고는 볕에 그슬린 새까만 낯바닥을 이리저리 내두르며 저를 쳐다보는 웬 낯선 늙은이가 우스웠던지, 쓰쓰쓰- 하며 몸을 흔들었다.

나는 오늘 저녁도 누이동생이 사다 준 귀한 사랑의 옷을 장롱 깊이 모셔 놓고, 도심의 거대한 건물을 산처럼 생각하고 거리의 사람들을 꽃처럼 보며, 도심의 거리를 산책한다.

동만 씨는 내 친구다

지금보다 젊었을 때는 일찍 자도 늦게 일어나져서 잠자리가 길더니만, 이제는 전날에 피곤한 몸으로 늦게 자도 일찍 일어나져서 잠자리가 점점 짧아진다. 새벽 기도를 마친 노부부와 두어 분의 아주머니는 교회 문을 나서고, 멀리 운동장 가를 느릿느릿 걸으시는 할머니는, 팔뚝을 직각으로 세워서 하늘에 대고 주먹질하듯이 흔들어 대며 빠르게 앞질러 가는 젊은 처녀가 부럽다.

장마가 곧 닥칠는지 희뿌연 하늘은 회색 구름으로 두텁게 덮여 있고, 누구한테 아침 일찍 깨어달라는 문자라도 받았는지 멀리서 뻐국~ 뻐국~ 하는 뻐꾸기 소리가 메아리처럼 들린다.

모내기가 끝난 지 보름쯤 되는 6월 중순의 토요일이다. 곤히 자는 각시와 아들이 깨지 않도록 현관문을 소리 없이 열고 집을 나섰다. 차 창밖으로 펼쳐진 길 양편의 드넓은 들녘은 며칠 사이로 초록색 양

탄자를 깔아 놓은 것처럼 파래져서 보기에도 아름답다. 저 멀리 밀짚모자를 쓰고 삽을 어깨에 맨 채, 구부정한 걸음걸이로 논둑길을 걸어가는 농부의 모습이, 아버지의 옛 모습이다.

선친께서는 평생을 낡은 짐자전거로 삽을 친구삼아 논으로 타고 다니시면서 많은 자식들을 거두셨다. 색 나는 옷을 입고 훤하게 나선 일이 없는 선친께서는 시골집의 가까운 들녘에 논 한자리를 남겨 주셨다.

요즈음의 벼농사는 논 갈아 써레질하고, 모심고 비료주어 추수하는 일련의 과정들을 기계가 도맡아 해 준다. 누가 보고 웃지 않는다면 양복에 넥타이 매고 광나는 구두를 신고 기계에 앉아 하루 종일 논바닥을 누비고 다녀도, 옷에 흙탕물 한 방울 튀기지 않을 수 있을 것 같다.

농사철이 되면 이 넓은 들판을 몇 대의 기계가 윙윙 소리를 내며 농사를 지고 있으니, 기계는 늙은 농부를 논에서 몰아내고, 일감 뺏긴 농부는 집에만 앉아 있다. 그나마 손으로 할 수 있는 일은 모 때우기 정도다.

예전에는 누구나 하고, 해야 했던 모 때우기를 요새는 그것마저 생략하는 사람이 많아서 길가의 논바닥에 엎드려서 모를 때우다 보면, 할 일 없는 사람처럼 보일까 싶은 생각이 들어 허리를 펴고 아무도 없는 들판을 일없이 둘러보게 된다.

어디서, "어~이!" 하는 소리가 들린다. 고개를 들어 소리 나는 쪽을 바라보았다. 면 소재지 쪽으로 가는 한 길에서 자전거 뒤에 종이 상자 더미를 잔뜩 싣고 논길로 들어오며 오른손을 번쩍 들어 나를 부르는 내 친구 '동만' 씨다.

동만 씨는 봄에서 가을까지 가끔씩 논에 있는 나를 보면 잊지 않고 멈춰 서서 나와 이야기를 나누기를 좋아하고, 저쪽 끝의 논둑에 내가 서 있더라도 신발에 논흙이 더덕더덕 붙는 것도 마다않고, 굳이 좁고 미끄러운 논둑길을 걸어서 나에게로 온다.

이렇게 정다운 동만 씨는 이 길로 한참을 가다 보면 강물이 서해바다와 만나는 서너 가호의 강 끝 마을에서, 여름이면 강바람에 흔들리는 갈대밭을 바라보며 홀어머니와 단둘이 살고 있다.

'세상에는 되로 배워 말로 쓰는 사람'도 있고, '말로 배워 되로 쓰는 사람'도 있다. 되로 배운 사람은 되로만 쓰이고 말로 배운 사람은 말로만 쓰인다면, 공평할 것 같지만 그리되면 세상은 희망이 없다. 되로 배워 말로 쓰인다면 더할 나위 없이 좋은 일이지만 열등감을 버릴수 없고, 말로 배워 되로 쓰인다면 자괴감은 떨쳐지지 않는다.

내 친구 동만 씨는 되로도 말로도 배우지 못했지만, 노동으로 다져진 튼튼한 몸뚱이 하나로 자기만의 세상을 가슴에 품고 한결같이 오늘을 살아간다.

동만 씨는 저만치 보이는 들녘 한가운데 서서, 날마다 나락을 찧어대는 대형미곡처리장이 들어서기 오래전부터, 면 소재지에서 들녘으로 들어서는 길목에 자리 잡은 작은 정미소에서 일하기 시작했다. 스무 살이 채 되기 전부터 십수 년을 붙박이로 붙어서 힘으로 하는 일은 무엇이든지 가리지 않고 열심히 일했다.

그러나 큰 것이 작은 것을 삼키는 것은 어려운 일이 아니어서, 도시에서 대형 마트가 골목의 작은 가게를 문 닫게 하는 것처럼 면 소재지의 서너 개의 정미소는 시름시름 앓다가 하나하나 문을 닫더니, 결국에는 동만 씨가 일하는 정미소도 문을 닫고 말았다.

보통 사람 같으면 십수 년을 일해 오던 일터에서 물러앉게 되면 당분간은 실의에 빠져 허우적거릴 것이지만, 내 친구 동만 씨는 기다렸다 는 듯이 얼마 되지 않아 고물 수집 사업을 시작하였다.

새벽 일찍 일어나 하루에도 여러 번을 면 소재지를 들락거리며 수집한 쇠토막이나 종이 상자를 자전거에 싣고 집에 가져가 모아두었다가, 한 달에 한두 번 경운기에 싣고 내다 팔았다. 그렇게 한 것이 벌써 3년이 다 되어간다.

동만 씨를 친구로 삼게 된 것은 5년 전 이맘때쯤이다. 그날도 해가 서산에 뉘엿뉘엿 저물어가는 저녁에 모 때우기를 하고 있었다. 벼를 쌀 나무라고 부르기도 한다는 도시의 철없는 아이들이 지나치며 본다면, 사방이 어두워지는 저녁 늦게까지 논바닥에 엎드려 일하는 모습을 보고 참 고생하시는 농부시구나! 하고 동정심이 생길 수도 있겠지만, 천만의 말씀이다.

다른 것도 잘하는 게 없지만 일하는 것을 몸이 마다해서 엎드려 있는 시간보다 서 있는 시간이 더 많고, 모를 때우기 시작한 지 두어 시간도 채 못 되어서 논에서 빠져나와 발을 씻고 만다. 하기로 든다면 한나절이면 끝날 일을, 쓴 약 먹듯이 두세 번에 나누어 매년 연례행사처럼 모를 때워서 얻는 소득보다, 비용이 더 드는 모 때우기를 하고 있다.

논에 오면 항상 아버지가 생각난다. 농사철이 되면 아버지께서는 새벽에 나가셨다가 저녁 늦게 해가 서산에 빠진 뒤에야 돌아오셨다. 봄방학 때였지만 논에 나가 도와주지도 않고 집에서만 빈둥거렸던 나를 보시고도 아무 말도 않으시고, 늦은 저녁 식사를 하시고는 지친 몸을 자리에 뉘셨다.

지금의 심정이 그때에 들었더라면 혼자서 지신 무거운 짐을 조금이라도 나누어질 수 있었을 텐데, 후회는 언제나 늦게 찾아온다. 일 같지 않은 일을 한답시고 논바닥을 몇 번이나 들락거리는, 아직도 게으른 나를 보고 계신다면 기가 막혀서 웃음도 나오시지 않으시겠지만, 벌서는 심정으로 모를 때우며 아버지께 미안함을 전한다.

해는 서산으로 넘어가 버리고, 발을 씻으며 수로 가에 앉아 있는데, 논길로 들어서는 자전거 한 대가 보였다. 그냥 지나치지 않고 남자는 내 옆에 와서 자전거를 받쳐 놓고 바짝 쭈그려 앉으며

"모 때웠어?"

하며 오랜 친구처럼 반말로 말을 걸어왔다.

고개를 옆으로 돌려 바로 옆에 앉아 있는 얼굴을 바라보니, 때 절은 검은 야구모자 밑으로 빠져나온 옆 머리카락이 희끗희끗하고 검

은 얼굴에 앓고 난 사람처럼 휑하고 큰 눈이, 웃음기를 띠고 나를 바라보고 있었다.

내가 보기에는 나보다 한참이나 어려 보이는 초면인 남자가 처음부터 반말로 말을 트는 것이 어리둥절했지만, 그 선한 얼굴에 경계심을 풀고 그냥

"응! 어디 갔다 와?"

"방앗간, 방앗간에서 일혀."

"어디 살어?"

"저그 강 끝."

"이름은 뭐여?"

"동만이."

동만 씨는 묻는 말에 토막말로만 대답하고 나에 대해서는 아무것도 묻지 않았고, 질문을 기다리듯이 웃음 띤 얼굴로 나만 바라보고 있었다.

언뜻 지적 장애가 있는 것이 아닌가 하는 생각이 들었다. 어둠은 짙어 오는데 옆에 앉아 있는 동만 씨는 일어설 기미가 없었다. 또 무엇이든지 물어보라는 듯이….

"캄캄해지기 전에 어서 집에 가야지, 엄마가 기다릴 텐데…."

"응! 그려."

하면서 일어서는 동만 씨는 중간 정도의 키에 몸매는 말랐지만 떡 벌어진 어깨가 튼실해 보였다.

동만 씨는 자전거에 올라타더니 여학생들이 친구와 헤어질 때 하는

것처럼 오른손을 흔들면서,

"또 봐!"

하고 길게 뻗은 논길을 달려갔다. 그렇게 동만 씨와 나는 초면부터 대뜸 말 트는 친구가 되었다.

내가 동만 씨에 대해서 자세히 알게 된 것은, 짧은 말로만 응대하고 미소만 짓고 있는 동만 씨에게서 전해 들은 게 아니다. 근동의 일이라면 과거는 물론이고 현재의 일까지도 잭기장에 써 놓은 듯이 훤히 꿰고 계시는 '우덕실정보통'이신 어머니한테 들었다.

"응! 가, 그렇게 생겼어도 소자여! 방앗간에 댕기면서 돈을 벌어 죄다 즈 어미 갖다 줬다더라. 가는 불쌍허지만 즈 어미한테는 그나마 다행이지. 못난 나무가 산 지키더라고 다른 자식은 다 나가버리고 그 자식이 홀애미를 지켜 주니 세상은 참 모를 일이다!"

하시면서 동만 씨가 가여운지 쯧쯧 하고 혀를 차셨다.

오늘도 새벽 일찍 소재지의 상점가에서 종이 상자를 주워 집으로 돌아가는 길에 나를 보고 반갑게 손을 흔드는 동만 씨에게 나도 길가의 논 머리에서 허리를 펴며 번쩍 손을 들어 흔들어 주었다. 사람을 향해 손을 흔들어 보는 것이 얼마 만인가?

논바닥은 길바닥보다 깊어서 나는 논물 속에 발을 담그고 서 있고, 동만 씨는 자전거를 받쳐 놓고 길가에 앉아서 나와 눈을 맞추었다.

"모 때워?"

"응! 많이 주웠네? 근데 뭐가 제일 비싸?"

"응, 쇠가 돈 많이 줘. 근디 없어."

"돈 많이 벌었어?"

"응, 많이 벌었어."

"어디다 써?"

"엄마 갖다 주고 통장에 저금도 혀."

"어디다 쓸려고?"

"장가가야지."

하면서 가지런한 흰 이를 드러내며 씨~익 웃는 눈가에는 동만씨도 속절없는 세월은 이기지 못해서 나처럼 눈가에 잔주름이 자글자글하다.

"어서 가야지. 어떤 여자가 좋아?"

"필리핀."

그런 물음이 아닌데, 자기 어머니나 주위 사람들에게서 들은 소리가 있는지 동만 씨는 그렇게 말했다.

"좋은 생각이네! 빨리 장가가야 어머니도 좋아하실 것 아녀?"

"응! 통장에 저금하고 있어."

동만 씨는 내가 먼저 헤어지자고 말하지 않는 한은 먼저 일어나지 않는다.

"배고프겠네? 어서 가서 밥 먹어야지!"

"응, 배고파."

하며 자리를 털고 일어서면서, 바지자락을 대강 걷어붙이고 맨발

로 논바닥에 서 있는 어설픈 내 모습이 눈에 들어왔는지

"장화 신고 혀, 발 다쳐!"

하면서 손을 흔들고는 쭉 뻗은 들녘 길을 힘차게 달려갔다. 가끔 동도 트기 전인 이른 새벽에 자전거에 종이 상자를 가득 싣고 힘들게 지나가시는 할아버지를 볼 때면, 내 친구 동만 씨가 눈에 선하다.

콩밭 매는 아낙네는 어디로 갔나

　지금에 이르러서는 콩밭 매는 아낙네의 베적삼이 땀으로 젖을 일은 없다.

　안개가 자욱한 봄날 저녁에 강둑길을 따라 걷는다. 헐벗은 몸으로 매서운 강바람을 맞으며 지난겨울을 견디었던 갈대숲이 이제 막 푸른 옷으로 갈아입기 시작했다. 강둑 너머로 펼쳐진 논과 밭에도 기다렸다는 듯이 온갖 풀들이 얼굴을 내밀어서 지난겨울의 황량했던 풍경을 잊게 하고 새봄이 온 것을 알려 준다.
　그렇지만 봄이 왔는데도 벌써 가을인 곳도 있다. 부지런한 농부를 주인으로 만난 논두렁과 밭두렁의 풀들은 '풀약 세례'를 받고, 어린잎을 세워 보기도 전에 노랗게 시들어버렸다. 눈앞에 보이는 논과 밭들을 마치 노란 선으로 구획을 나누어 놓은 것처럼 노란선이 선명해서, 주위의 온 사방 풍경이 푸름 푸름 해지는 것과 대비되어 그 노란색이 자꾸 눈에 거슬린다.

이제 막 시작되는 봄날의 풍경과는 정서적으로 어긋나는 것 같아서 부지런한 농부가 야속하지만, 일감을 줄이려는 농부의 심정을 훤히 알고 있는 내가 풀약을 친 농부를 탓하는 것은 어설픈 감정의 유희이다.

선친께서 농사를 지으실 때만 해도, 봄이 깊어져서 모내기를 며칠 앞둔 따뜻한 아침에 일하러 가시는 아버지를 따라 논으로 자주 가 본 어린 시절이 있었다. 온 들판은 그야말로 노랗고 하얀 풀꽃들의 향연장이었다. 아침이슬에 신발이 젖는 것도 모르고 풀꽃 밭을 헤집고 다니며, 발밑에서 피어나는 풀꽃 향기를 흠뻑 들이마셨다.

아버지께서는 논 머리를 지나는 수로 가에 앉아서 논두렁에 숫돌을 박아 놓고, 수로의 물을 손으로 떠서 숫돌에 끼얹어 가며 지난겨울 동안 녹슬어 있던 낫 날을 하얗게 세우셨다. 앉은걸음으로 논두렁의 풀들을 삭삭 배어나가는 아버지를 뒤따라가면서, 그냥 놔두지 않고 이쁜 꽃들을 싹둑싹둑 베어내시는 아버지를 야속해 하던 철모르는 때도 있었다.

"파노야! 논두렁에 풀약 안 치냐?"

"알았어요, 누가 뭐라고 해요? 내가 알아서 할 테니 놔두세요."

"아까 이장이 와서 그러는디, 우리 논만 논두렁에 풀이 쩔었다고 하더라. 누가 봐도 그렇지. 더 쩔기 전에 어서 농약 좀 쳐라!"

"알았다니까요. 이장 그 양반도 참…!"

우리 동네 이장은 우리 어머니의 정보원이시다. 바쁜 동네일로 동분서주하시면서도 혼자 짓기에는 버거울 것 같은 넓은 논농사를 지으며 시기에 맞게 딱딱 약도 치고 거름도 주어 근동에서는 알아주는 일등농사꾼이시다.

그래서 그런지 부탁하지 않았는데도 자기 논을 둘러보러 가시는 길에 근처에 있는 우리 논도 꼭 둘러보시고는, 벼들의 생육 상태를 조사하여 일일이 우리 어머니께 보고 드린다. 그래서 우리 어머니께서는 논에 가시는 일이 없어도, 논두렁에 풀이 무성한지 논물이 말라가는지, 벼가 병색이 있는지를 앉아서도 훤히 들여다보고 계신다. 보고를 받으신 어머니께서는 듣는 족족 아들의 게으름을 탓하시니, 나는 부지런한 우리 동네 이장이 다른 동네로 이사 갔으면 좋겠다.

참 농사꾼이 아닌 무늬만 농사꾼인 나는, 어쩔 수 없는 상황에 놓이게 되어 농사일을 하게 되었다. 따라서 누가 뭐래도 '농사는 하늘이 짓는다.'고 믿고 있으며 농사가 잘된 것은 몰라도 농사가 잘못된 것은 내 책임이 아니라는 생각을 갖고 있는 무책임한 농부이다.

평생을 농사일에 비켜서 있다가 어느 해 봄이 되어 논에 나가보았다. 주위의 논두렁이나 논 머리의 밭에는 벌써 풀약을 쳐서 노란색으로 가을을 맞았는데, 유독 우리 논두렁이나 밭은 아직도 봄이 한창이어서 이 논의 임자는 아주 게으름뱅이요, 하고 광고하고 있는 것 같았다. 게으름을 들켜 버린 것 같아서 나도 모르게 주위를 둘러봤지만 다행히 아무도 없었다.

　분무기에서 쉐에쉐에~ 하며 여러 갈래로 분사되는 농약을 맞은 풀들은 두어 발짝만 앞으로 가다 뒤돌아보면, 벌써 색이 바래서 서 있지 못하고 축 늘어져 버렸다. 금세 나타나는 그 놀라운 독성에 발걸음이 멈춰지고, 주머니에 넣어 두었던 입마개를 찾아 귀에 걸었다.

　또다시 봄이 왔다. 어차피 해야 할 일 인대도 뒤로 미루는 습성 탓도 있지만, 뿌리는 즉시 효과가 나타나는 독한 농약을 풀들의 머리 위에 내리쏟는 일이 조금은 유치하지만 살아 있는 것을 죽인다는 생각이 들고 꺼림칙하여, 차일피일 미루다가 모내기가 끝난 지 한참이 지나도록 풀약을 치지 못했다.

　이미 무성하게 자라버린 풀들을 바라보며 이왕에 늦은 김에 이번에는 풀약을 치지 말고 아버지처럼 낫으로 풀을 베어보리라고 마음먹고, 한동안 써 주지 않아서 헛간 구석에서 까맣게 녹슬어 가던 낫을 찾아 숫돌에 갈아 낫 날을 세웠다.

　막상 논두렁에 쭈그리고 앉아서 긴 논두렁의 풀을 베어 보니, 얼마 안 가 허리가 시큰거리고 무릎이 아파서 일어서게 되고, 게으른 사람이 늘 그런 것처럼 깎은 논두렁의 길이와 앞으로 깎아야 할 논두렁의 길이를 비교해 보다가 한나절이 다 갔다.

　우리 동네 이장 같으면 벌써 일을 끝내고 집에 가서 발 씻고 누워 있을 시간인데 나는 섰다 앉았다를 반복하고 있으니 일은 줄어들지 않고 시간만 보내게 되어, 진즉에 풀약을 치지 못한 것을 후회하게 된다. 무슨 일이든지 오래 해 본 사람들이 그렇게 하는 것은 다 타당한 이유가 있다.

 풀이 무성하면 콩이 안 되고, 콩이 무성하면 풀이 크지 못한다. 풀과 콩이 '땅심'을 나눠 먹고 풀은 풀대로 크고 콩은 콩대로 커서, 본성대로 자라가도 모두 다 이로우면 좋을 텐데….

자연 그대로가 좋다

　우리 각시는 '자연얼굴'이다. 우리 각시는 화장품이 없다. 우리 각시는 달걀을 풀어서 얼굴에 덮어쓰지도 않고, 채소를 갈아서 얼굴에 더덕더덕 붙이지도 않는다. 이렇게 자기 얼굴을 무시하고 내박쳐 두는 것은, 동안이 대세인 요즈음의 풍조로 봐서는 참으로 대담한 성격이며 게으름의 극치다.

　오늘은 모처럼만에 옛날 친구들을 만난다고 화장품이 없으니 화장대도 없어서 한 손으로 손바닥만 한 손거울을 들고, 한 손으로는 눈썹 그리는 몽당연필을 쥐고 방바닥에 앉아서 눈썹을 그리고 있다.
　다른 것은 몰라도 화장 기술로 세월을 되돌리는 일이라면 채 몇 분만에 후다닥 해치우는 내 누이동생 '명화'라면 벌써 화장을 끝내고 약속장소에 미리 가서 엽차를 마실 시간까지도, 각시는 눈썹을 그렸다 지웠다 하며 약속 시간을 넘기고 있다.

"파노 씨, 어때요? 잘 그려졌어요?"

"눈썹 끝이 올라간 것이 장비 눈썹 같다야?"

"에이!"

하며 애써 그린 눈썹을 지우고 다시 그리더니

"이번에는 어때요, 이뻐요?"

"눈썹 끝이 내려간 것이 꼭 영구 눈썹 같구나!"

"하아~ 어렵네요. 화장 학원이라도 다녀야지 원….."

"학원비는 누가 대고?"

"파노 씨가 대야지, 누가 대요? 언제 화장품 한번 사 줘 봤어요?"

"언제 사 달라고 해 봤어? 사주면 뭐해? 하지도 않는데….."

결국에는 눈썹 그리기를 포기하고 왜 빨리 나오지 않느냐는 친구의 닦달 전화를 받고서야, 허둥지둥 민낯으로 집을 나섰다.

점심때 즈음에 친구들을 만나러 갔던 각시는 한나절이 지나서 해가 진 뒤에야 집에 돌아왔다.

옷을 갈아입고서 할 말이라도 작정하고 들어온 듯이 내 앞에 바짝 붙어 앉더니 대뜸,

"파노 씨! 나, 눈썹 문신하면 안 될까요?"

하면서 내 손을 잡고 힘을 주었다. 나는 깜짝 놀라서 잡힌 손을 뿌리치며

"정신 나갔어? 왜 멀쩡한 눈썹에 색을 박아?"

하고는 바로 눈앞에 있는 각시의 눈썹을 새삼스럽게 바라보았다.

조밀하지 못하고 듬성듬성한 눈썹은 그나마 눈꼬리까지 가다 말고 어디론가 달아나버리고 색깔마저 희미한 것이, 안 그래도 처진 눈꼬리는 더 아래로 내려앉아 보여서 대체로 기운이 없고 불쌍하게 보였다. 이렇게 생기다 만 눈썹을 달고 민낯을 내두르며 나타난 각시를 보고, 화장술깨나 익힌 친구에게서 무슨 소리를 들어도 들은 모양이었다.

"다른 게 아니고요. 아까 친구들을 만나러 갔잖아요. 그런데 친구들이 왜 늦었냐고 하길래, 눈썹 그리다가 늦었다고 하니까 '미숙'이가 그러는 거예요. 너도 귀찮게 그러지 말고 나처럼 눈썹 문신을 해버리면 그렇게 편하고 좋다고. 또 친구들 말이 너는 피부가 좋아서 하기만 하면 얼굴이 더 돋보일 것이라며 꼭 하라는 거에요. 그래서 내가 신랑한테 물어봐야 한다고 하니까 요즘 세상에 누가 그런 것까지 신랑한테 일일이 허락받고 하느냐며, 인생 어렵게 살지 말라는 거에요. 그래서 그런데, 파노 씨! 나도 눈썹 문신 하고 싶은데 괜찮죠? 각시가 이뻐지면 당신도 좋잖아요!"

"됐거든! 좋긴 내가 왜 좋아? 너희 친구들도 그렇지, 어느 날 갑자기 같이 사는 각시가 눈썹 문신하고 눈 까프리고 나타나면 남편이 몰라보고 누구시더라? 하면 어쩌려고 남편한테 말 안 하고 마음대로 한단 말이야?"

"에이 설마~ 그렇게까지 몰라보기야 하겠어요?"

"너 설마가 사람 잡는다? 너도 생각해 봐라. 여기 하얀 도화지 위에 볼펜으로 그림을 그리면 지울 수 있냐? 없냐? 그래도 연필로 그리면 마음에 들지 않으면 지우고 다시 그리면 되지만⋯."

"그래서 하란 말이에요? 하지 말란 말이에요?"

"니 마음대로 해? 그런데 하고 나서 집으로 오지 말고 그 길로 바로 너희 집으로 가!"

"어머? 멀쩡한 내 집을 놔두고 어디로 가요? 촌스럽기는⋯. 생긴 것만 촌스러운 줄 알았는데 생각까지 촌스럽네!" 하면서 자리에서 일 어난다.

언제부터인가 사람의 얼굴을 깎고 찢고 무엇인가를 집어넣는 일이 아무렇지도 않은 일이 되었다. 여생에 마주칠 사람은 동네 이웃 몇 사람과 가족들뿐인 산골할머니도 눈썹에 문신을 하고, 그전 그대로 도 충분히 예쁜 눈을 가졌던 시골집의 고모손녀딸도 기어코 눈을 까 프려서 나와 마주치면 수줍어서 고개를 들지 못한다.

남에게 보이는 것이 직업이고 자기 몸이 무기인 사람들이 텔레비전 에 나와서 서로서로의 성형 경력을 스스럼없이 이야기하면 저 사람 들이야 직업상 어쩔 수 없겠거니 하는 생각이 드는 것이 아니라, 성 형을 하지 않았을 때도 예뻤던 얼굴을 더 예뻐지려고 성형을 하는데, 살아오면서 별로 예쁘다는 소리도 듣지 못한 처자는 눈만 까프리면 딴사람이 될 것 같은 희망에 들떠서, 인터넷의 성형 카페를 들락거리 며 때를 기다린다.

밤이 깊었는데 각시는 눈썹에 색을 박지 말라고 해서 심통이 났는지, 장롱 속의 묵은 물건까지 다 꺼내 놓고 뒤적이고 있다. 여러 잡다한 물건중에 하얀 색깔의 화장품 몇 개를 한쪽으로 모으더니

"하~ 이게 벌써 이십 년이 다 된 화장품이네! 시집올 때 파노 씨가 해 준 화장품이라 아까워서 몇 번 쓰지도 않았는데, 이젠 못쓰겠죠?"

"그럼 못 쓰지! 고약으로나 쓰면 모를까? 화장품 하나 사지그래? 이제 나이도 있으니까. 화장도 하고 눈썹 그리는 연습도 좀 하고….."

"인제 와서 새삼스럽게 무슨 화장을 하겠어요. 그냥 살지요."

하면서 이제는 고약이 되었을 오래 묵은 화장품을 버려야겠는지 주섬주섬 비닐봉지에 주워 넣는다.

"나는 그래도 니 '자연 얼굴'이 좋더라! 항상 깨끗하고 순수하게 보여서….."

"순수? 됐거든요. 누가 파노 씨 속을 모를 줄 알아요? '자연 얼굴'이 좋은 게 아니라 돈이 안 들어가서 좋겠지요!"

하면서 웃는데, 처진 눈꼬리가 더 내려가서 마음 좋은 얼굴이 된다.